恋する救命救急医

それからのふたり

春原いずみ

white heart

講談社X文庫

目次

イラストレーション／緒田涼歌

キングの帰還

神城《かみしろ》尊《たける》と筧《かけい》深春《みはる》が暮らしている家は、神城曰《いわ》く「古民家一歩手前」の古い日本家屋だ。

「築何年なんだろうなぁ」

ガラス戸をすべて開け放った縁側《えんがわ》に座り、常識外れに広い庭を見渡しながら、神城はのんびりとした口調で言った。

「昭和に建てたことは間違いないな」

「……でしょうね」

きちんと被《かぶ》っていた麦わら帽子をあみだにずらし、額の汗を拭《ふ》きながら、筧が応じる。

「でなければ、この広さは……あり得ないですね」

「深春、暑いだろ？」

「そりゃ、暑いですよ」

広い広い庭。筧が飼っている三匹の柴犬《しばいぬ》たちは、神城がよしずを組み合わせて作った日《ひ》除《よ》けの下にいる。風が通るので涼しそうだ。

一方、筧は朝早くから、せっせと庭の草刈りである。梅雨が明けたと思ったら、あっという間に、庭は緑のジャングルになってしまった。神城と暮らし始めてから、筧は毎年、この広い庭の草をきれいに刈ることを夏の仕事としている。そうでないと、犬たちを遊ばせることができなくなるからだ。

「でも、今日中にやってしまわないと。しばらく夜勤が続くので」

「俺もやろうか？」

「いえ」

筧は帽子を被り直して、また鎌《かま》を手にした。

「俺、慣れてるんで。母親の実家の草刈り、毎年してましたから」

「俺も慣れてるぞ」

神城が立ち上がった。半袖《はんそで》Tシャツの袖をまくりながら、筧のそばに歩み寄る。

「深春、水分とって、少し休めよ」

「え、でも……」

「いいからいいから」

筧の頭から麦わら帽子を取って、自分の頭にのせると、神城はまだ草がたくさん生えているところにしゃがみ込んだ。

「え……」

神城は意外なほどいい手つきで、サクリサクリと草を刈り始めた。筧よりも身体《からだ》の大きい神城は、一度につかむ草の量が多く、また刈る力も強い。びっくりするくらいの勢いで、草が刈られ、山になっていく。

「うそ……」

筧が縁側に座り、ペットボトルのお茶を飲み干すうちに、二メートル四方くらいの草が刈られて、すっきりとしてしまった。

「……先生」

神城は底なしの体力を誇る。そんなに鍛えているとは思えないのに、とにかくパワフルで疲れ知らずだ。筧なら二十分くらいはかかりそうな面積の草を、たった五分くらいで刈ってしまった。

「何で、今まで草刈りしなかったんですか？」

初めて、この庭を見た時、筧はしばらく立ち尽くしてしまった。ものすごく広い庭が緑に覆われて、人が足を踏み入れることを拒んでいるようだった。オープンなタイプだと思っていた神城の裏側を見てしまったようで、背中がひやりとしたのを覚えている。

〝こんなところに先生を置いておいちゃいけない〟

こんな……人を拒むような……突き放すようなところに、この人を置いておいてはいけない。筧は、その場で「次の休みに、草刈りに来ますから！」と言っていたのだった。それ以来、この庭の草刈りは、筧のライフワークのようになっていたのだ。

「大した理由はない」

サクサクと気持ちいい音を立てながら、神城は草を刈っていく。

「面倒だったからかなぁ。何か……俺はここに住むっていう感じじゃなかったんだよな。ただいるっていうか……寝に帰るだけっていうか」

「寝に帰るだけでも、ちゃんと草くらい刈ってください。めんどくさかったら、人を入れてもいいんですから」

「そんなに長く住むつもりもなかったからな」

神城は笑う。いつものようにからりと明るく。

「でも、おまえが来てくれたし、わんこども来てくれたから、ここで暮らしていこうって気になった」

「先生……」

日陰にいることに飽きたらしい犬たちがよしずの下から出てきた。白に黒、それに赤。三色揃《そろ》いの柴犬たちだ。

「おまえら、暑いぞ」

神城が言った。

「深春。水出しといてくれ」

「あ、はい」

いつの間にか、神城は筧よりも犬たちの生態に詳しくなっていた。そこはやはり、同じ生き物である人間を扱う医師という職業柄なのかもしれない。筧は立ち上がると、庭の片隅にある物置からたらいを取り出した。水を張って、縁側のそばに置くと、すぐに犬たちが寄ってきて、水を飲む。

「先生」

物置を開けたついでに、草抜きと麦わら帽を見つけたので、筧も草刈りに復帰する。二人で並んで、せっせと庭をきれいにしていく。

「先生、本当に草刈り上手《うま》いですね」

神城の手際を見ながら、筧は感心したように言った。

確か、神城はお坊ちゃま育ちのはずだ。実家の経済的規模が違いすぎることに恐れをなして、筧は詳しく聞いたことはなかったが、ものすごく……いや、恐ろしく裕福らしい。

〝何で、草刈り？〟

「おう。中・高と鍛えられたからな」

神城があっさりと答える。

「中・高？　英成学院《えいせいがくいん》ですか？」

神城は、山の中にある全寮制男子校、英成学院の出身だ。一学年百人という小規模校にもかかわらず、英成学院はエリートを輩出する隠れたる名門校である。

「とんでもねぇ山の中だからな。草刈りしねぇと寮や学校が埋もれる。まぁ、それが嫌なばっかりに転校した奴《やつ》もいたけど」

「マジですか……」

　早朝からせっせと働いていたせいか、広い庭はかなりすっきりしていた。神城がものすごい勢いで手伝ってくれたおかげもある。

「先生、そろそろお昼にしませんか？」

　筧はパタパタと手をはたきながら、よいしょと腰を伸ばす。

「お腹《なか》空いたでしょう？」

「ああ……そうだな」

　きれいになった庭を犬たちが走り始めた。くるくると追いかけっこをしながら、楽しそうに駆け回る。

「おーい！　暑いから、たまには日陰に入るんだよ！」

　筧の呼びかけに、犬たちは一瞬足を止め、振り返る。聞こえているなと判断して、筧は古いタオルで鎌や草抜きについた草の汁や泥を拭《ぬぐ》った。

「先生、先にシャワーを浴びてきてください。俺は昼ごはんの支度しますから」

「いや、それなら、おまえが先に……」

「そうめんゆでるだけですから、冷やしているうちにさっと浴びます。俺がそうめんゆでてるうちに、先生、シャワーしてきてください」

二つの麦わら帽子を並べて縁側に置き、筧は鎌をしまいに物置に向かおうとした。

「わかった。じゃあ、先にざっと浴びてくる」

神城は、そんな筧の頭を軽くぽんと叩《たた》く。

「昼メシ、楽しみにしてる」


八月になって、急にぐっと暑くなった。七月の終わりまでは、冷夏かと思うほど涼しかったのだが、八月の声を聞く頃から、連日三十五度を超えるようになり、センターにも熱中症の患者が運ばれてくるようになった。

「冷えてるかな……」

シャワーをさっと浴びて、筧は髪を拭きながら、台所に入った。実家の母からもらったそうめんをゆで、水に放した後、たっぷりと氷を入れておいたのだ。

「深春、何か手伝うことあるか?」

神城が茶の間の方から声をかけてくる。

「じゃあ、麦茶を出してくれますか? コップに、こっちにありますから」

「わかった」

筧は冷蔵庫を開けて、朝のうちに準備しておいたそうめんの具を取り出した。マヨネーズと合わせたツナ、賽《さい》の目に切ったトマト、千切りのきゅうりと大葉、それに細かく切った万能ネギと薄切りにしたミョウガだ。

「さてと」

ガラスのお皿を二枚取り出して、ひんやり冷えたそうめんを半分に分けて、盛りつけた。

「え？　くるくるってしないのか？」

やはり筧が朝、沸かして、流しの中でやかんごと冷やしておいた麦茶を、氷の入ったコップに注いでいた神城が言った。

「しません」

筧はそう答えると、小さめのボウルにめんつゆをどばっとあけ、そこにトマトを放り込んだ。ざっと混ぜて、そうめんの上にざざっとかける。そして素早く、他の具を彩りよく、そうめんの上にのせた。

「はい、できました」

「ほう……」

神城が感心したように見ている。

「すげぇ……野菜たっぷりだな……」

「さっぱり系ですけど、ツナも入っているし、マヨネーズで和《あ》えてあるんで、物足りなくはないと思います」

お盆に二つの皿をのせて、ちゃぶ台に運ぶ。

「じゃあ、食べましょう」

二人は向かい合って座った。どちらともなく、両手を合わせる。

「いただきます」

「いただきます」

ひんやり冷たいそうめんに、少し濃いめのつゆが食欲をそそる。

「夏野菜、美味《うま》いな」

もりもりと神城がそうめんをかきこむ。

「うん、そうめんっていうと、天ぷらないとだめかなって思ってたけど、これ美味いな！」

「お昼ごはんなら、このくらいのボリュームでいいんじゃないかなって思って。あ、大葉もっと入れてもよかったかな……」

「いや、このくらいでちょうどいい。ミョウガも入ってるしな。あんまり香味系の野菜が多すぎるとくどくなる」

二人はゆったりと会話しながら、美味《おい》しいお昼ごはんを楽しむ。

「しかし、暑いな……」

「クーラーの効きがよくないですからね」

筧は笑いながら言った。

「この家、気密性皆無だから」

「うるせぇ」

神城も笑っている。

「夜、涼しくていいだろ」

「まぁ、広い家ですからね」

庭で遊んでいる犬たちの元気な声が聞こえる。うるさいほどの蟬《せみ》の声。刈ったばかりの草の匂《にお》い。二人だけの静かな夏時間。

「……メシ食ったら、少し昼寝しようかな」

神城が眠そうな声で言う。

「疲れたんでしょう」

筧が笑った。

「やりつけないことするから」

「……おまえみたいに若くないんだよ」

神城と筧は、十歳くらい年が離れている。何せ、もともと講師と学生の関係なのだ。

「おまえ、明日は?」

「先生と一緒です。日勤から入って、夜勤です」

「久しぶりに一緒だな」

神城が嬉《うれ》しそうに言った。

「やっぱり、おまえと一緒に働くのがいちばんいい。おまえ以外の奴と組むと疲れる」

「何言ってんですか。センターのスタッフはみんな優秀ですよ」

筧が言うと、神城はすっと向かいから手を伸ばした。筧の頰《ほお》に手を当てて、軽く撫《な》でてくれる。

「でも、おまえ以上の奴はいない。おまえは最高だよ」

神城は言葉を惜しまない。以前は少し照れるところもあったようだが、なぜか、二人の関係が安定してからの方が、いろいろなことをきちんと言葉にしてくれるようになった。一度離れかけたことがあったからなのだろうか。神城は、本当に筧を大事にしてくれる。大切に愛して、可愛《かわい》がってくれる。

「……何言ってるんですか……」

神城の手をそっと自分の手で包んで、筧はうつむく。

「俺の方が……先生と一緒のシフト……嬉しいんですから」

小さな声で言うのが精一杯だ。

こんなにずっと一緒にいるのに、神城の声を聞き、その飾らない言葉を聞くと、やっぱりどきどきしてしまう。

「……片付けておきますから、お昼寝してください」

筧は熱い耳たぶを持て余しながら、立ち上がった。少し震えている手で、空になった皿を重ねて、お盆の上にまとめる。そんな筧に、神城は軽く笑い、いたずらっぽくウインクした。

「じゃ、先に寝ているから、おまえも片付け終わったら来い」

「こ、来いって……っ」

神城も立ち上がり、筧の肩をぐっと抱き寄せると、すべすべとした頬にキスをしてくれる。

「……決まってるだろ。ベッドにだ」

「ひ、昼間から何言ってんですか……っ！」

耳どころか、首筋まで真っ赤になった筧の頭を軽くぽんと叩くと、神城は笑いながら、茶の間を出ていったのだった。


その日は、朝からひどく暑かった。空は雲一つなく、空色と言うよりも紺色に近いくらいの濃さで晴れ上がり、痛いくらいの陽射《ひざ》しが降り注いでいる。

「壁が熱い」

救急搬入口近くに立っていた救命救急医の宮津《みやつ》晶《あきら》が、軽く壁に手を触れて苦笑している。外と直接繋《つな》がっている場所なので、気温はかなり高くなっている。外気の影響をまともに受けるからだ。

「外は三十五度を超えてますよ」

ヘリポートの方から戻ってきた同僚の立原光平《たちはらこうへい》が、びっくりしたような顔をしている。

「何か、痛いような暑さです」

「こういう日はなぁ、事故とかが多くなるんだよな……」

診療ブースから出てきたのは、神城だ。

「みんな、暑さでぼんやりしてるから」

「私たちだって、ぼんやりしてますよぉ」

ふうっとため息をつきながら言ったのは、ナースの南《みなみ》香織《かおり》である。

「搬入口開けると、熱風が吹き込んでくるんだから……」

「熱中症が増えそうですね」

筧はそう言って、アイスボックスをガチャンと開ける。

「あ、氷少なくなってる。もらってきておかないと……」

そうつぶやいた時だった。神城がはっとした顔をして、ポケットに手を突っ込んだ。黄色いテープを貼《は》ったＰＨＳを引っ張り出す。

「はい、神城……え……？」

ドクターヘリ呼び出し用のＰＨＳだ。今日のフライト番である筧も、思わず身構える。

「……わかった。筧は俺が連れていく。エンジン回しとけ」

通話を切って、神城の視線が筧をとらえる。

「筧」

「はい、フライトですね」

きゅっと顔を引き締める。

「南さん、後を……」

筧が言いかける。そこにセンター長である篠川臣《ささがわおみ》が足早に近づいてきた。

「宮津先生」

篠川の声はよく通る。宮津が大きな目をきょとんと見開いて「はい」と返事をした。

「神城先生と一緒に行って」

「はい？」

神城はすでにセンターを出ていた。その後ろ姿を追おうとしていた筧は、思わず足を止める。

「俺ですか？」

宮津は、ドクターヘリのエースと呼ばれる神城の次にフライトが多い。見た目は可愛らしいが、センターでも一、二を争うほど優秀な救急救命医である。

「化学工場で爆発が起きたんだ。トリアージが必要になるかもしれないと、CS（コミュニケーション・スペシャリスト）の高杉《たかすぎ》が判断した。神城先生にトリアージは無理だから」

篠川はばっさりと言い切った。

「あの人にそういうの任せると、現場が混乱する。本人もわかってると思うから、宮津先生、一緒に行って、仕切っちゃって」

「……わかりました」

頭の回転の速い宮津は、すぐに自分に求められていることが理解できたらしく、頷《うなず》いた。

「では、行ってきます。センターの方、よろしくお願いします」

「はいよ。悪いね」

篠川に送られて、筧は宮津と共に、センターから駆け出す。

トリアージが必要な現場。そこは間違いなく凄惨《せいさん》な現場になる。

「おーい、さっさと来い！」

すでにヘリポートで、神城が手を振っている。

「筧、キットは持ち出してある。とっとと着替えてこい！」

「はい！」

かっと強い陽射しに目を射貫《いぬ》かれて、一瞬たじろいだ後、筧は力強く頷いていた。


上空に上がったヘリは、北への進路を取る。

「煙は……まだ見えませんね」

ヘリの前の方に乗っているフライトエンジニアの有岡《ありおか》が、被っている帽子のつばをくるっと後ろに回して言った。

「化学工場の爆発だって？　筧、高杉からメモもらってきただろ？」

「はい」

ドクターヘリの要《かなめ》と言えるＣＳの高杉は、ヘリが離陸する直前に、それまで収集した情報を簡単なメモにして、筧に渡してくれていた。彼のタッチの軽い、読みやすい文字で書かれたメモを神城に回す。

「化学工場と言っても、化学系の爆発ではなく、圧力系統の故障による爆発のようですね。死者は今のところ確認されていないようですが、重傷者もいるようです。ドクターヘリがＴ大からも飛んでいるとのことですが……」

言いかけて、筧ははっと口を閉じた。

「先生……?」

クリップボードに挟んだメモをめくっていた神城の手が止まっていた。その指先が細かく震えていることに気づいて、筧は驚く。

「先生、どうか……?」

「真島《ましま》」

筧の問いには答えずに、神城はパイロットの真島に声をかける。

「目的地は……小田嶋《おだじま》製作所聖原《みはら》工場なのか……?」

「ええ」

真島が頷く。

「大きな工場のようですね。駐車場がかなり広くて、そこに降りられそうなので、車を移動して、水をまいてもらっています」

「駐車場って……爆発は大丈夫なんですか?」

尋ねたのは、宮津である。彼が同乗してきた時、神城は何も言わなかった。篠川の意図は理解しているということなのだろう。

「ええ。そのようです。連鎖で爆発するような状況ではないようですね。レスキューも入っているようですよ」

真島の答えに、神城はただ頷いただけだった。その口元が微《かす》かに震えていることに、筧は再び驚く。

〝先生が……緊張してる……？〟

現場に向かうヘリの中の神城は、饒舌《じょうぜつ》ではなかったが、いつも落ち着いていた。彼の落ち着いた横顔を見て、筧は適度な緊張の中で、心の準備をすることができたのだ。しかし。

〝こんなに緊張している先生……初めてだ……〟

「ああ……見えてきました」

有岡が前方を指さす。

「やっぱり、煙出てますね」

その瞬間、筧は神城がぐっと拳《こぶし》を握り、自分の太股《ふともも》にきつく押しつけるのを見た。まるで「落ち着け」と自分に言い聞かせるかのように。

ヘリは工場の駐車場に舞い降りた。救急車やレスキュー車、消防車などが十台以上駐まっていて、事故の大きさを物語る。

「臨場、ありがとうございます」

三人がヘリを降りると、すぐに救急隊員が出迎えてくれた。

「重傷者が多数出ておりまして、搬入先の振り分けができなくて……来ていただいて、助かります」

「宮津先生」

神城が振り向いた。

「トリアージ、頼む」

「わかりました」

宮津が頷く。強い風に舞うサラサラの髪をかき上げながら、救急隊員に顔を向けた。

「トリアージは俺がします。聖生会《せいせいかい》中央病院付属救命救急センターの宮津です。神城先生とナースの筧くんが応急手当てをしますので」

「わかりました。では、こちらへ」

爆発が起きた工場からは、まだ薄い煙が上がっている。壁に大きな穴が空き、めちゃくちゃに壊れた工場内が外からも見えて、筧はびっくりする。

〝これで……死者が出なかったのか……？〟

負傷者は、工場の隣にあるプレハブに運ばれているようだった。

「ここは、普段、工員たちの休憩に使っているそうです」

救急隊員がドアを開けると、微かな血の匂いと強い薬品臭がした。神城が先に立って、中に踏み込んでいく。

「宮津先生、頼む。筧、こっち来い」

「はい」

　こういう時の神城の目は確かだ。一目見渡しただけで、重傷者を見極める。そこには、二十人以上の負傷者が運び込まれていた。軽傷者たちは椅子《いす》に座って、救急隊員の応急手当てを受け、重傷者は、床に敷いたビニールシートに横たわっている。

「……傷、診るぞ」

　床に膝《ひざ》をついた神城がぶっきらぼうに言った。

〝え？〟

　負傷者は、作業着ではなく、なぜかスーツを着た男性だった。頭と顔、スーツが大きく裂けた腕と脚にかなりの傷を負っていて、出血が続いている。

「筧、ガーゼよこせ」

「はい」

　筧は滅菌パックから大判のガーゼを取り出し、滅菌精製水をざばっとかけてから、差し出す。そのガーゼで傷を拭い、神城は低い声で言った。

「……何で、おまえがこんなけがして、ここにいる……」

「……尊さん……？」

ぐったりしていた負傷者が片目を開いた。右目だけを開ける。左目は瞼《まぶた》が大きく腫《は》れ上《あ》がって、開かない状態だ。

「尊……さん……っ」

負傷者が跳ね起きた。しかし、大きくふらつき、神城に抱き留められる。

「動くな。馬鹿《ばか》野郎が」

「尊さん……っ！　申し訳……ありません……っ！」

彼が掠《かす》れた声を振り絞る。その声が聞こえたのか、負傷者たちが次々にこちらを見る。

「尊……さん……？」

「尊さんだ……」

「尊さんが来てくれたんだ……っ」

広がるざわめき。神城がひどく苦い顔をしている。苦く……つらそうな顔。見たこともないほどの苦渋の表情。

「……先生……？」

神城のファーストネームなど、自分も呼んだことがないので、筧はすぐにはぴんと来なかった。しかし、かなり広いプレハブ中の負傷者が口にするその名に、憧憬と安堵《あんど》の空気を感じ取って、筧は思わず手を止めてしまう。

〝何なの……いったい……〟

「筧」

神城が低く言う。

「手を止めるな。宮津先生！」

腕の中で気を失ってしまった負傷者をそっと寝かせて、神城は宮津を呼ぶ。

「トリアージ、急いでくれ」

「……わかりました」

異様な雰囲気になっていることを感じ取って、宮津は頷く。ここで、何も事情を尋ねようとしないのが、宮津の賢いところだ。おっとりふんわりとした雰囲気の持ち主だが、筧は宮津の優秀さ、聡明《そうめい》さをよく知っている。しかし。

〝いったい……何なんだろう……〟

神城はぴたりと表情を凍りつかせたまま、淡々と処置を続ける。

「筧、ライン取れるか」

「はい。ただボトルを下げるものが何かほしいです」

「隣の建物の中に、工員の更衣室がある。そこにハンガーラックがいくつかあるはずだ」

「はい！」

すぐに救急隊員が走っていく。

〝先生、工場の内部まで知っているんだ……〟

てくれる。

「……っ」

小さな爆発音が聞こえた。思わず、首をすくめてしまう筧の手を、神城がそっと押さえ

「……大丈夫だ」

低く通る声。筧はそっと顔を上げる。

「はい……」

やはり、神城の表情は硬い。唇をきつく噛《か》みしめて、必死に意識を目の前の負傷者に集中しようとしていることがわかった。

〝いつもの……先生じゃない……〟

「神城先生」

すっと宮津が戻ってくる。

「トリアージ終了しました。負傷者は二十二名。赤五名、黄十名、緑七名。黒は該当なしです」

「……サンキュ。救急車の振り分けは？」

「トリアージタグを参考に、今、救急隊が行っています。ヘリ収容は、俺が決定しました」

宮津の判断なら、間違いないところだ。神城はゆっくりと立ち上がる。

「よし。T大のヘリは?」

「さっき到着しました。そっちの収容も、俺が決定しました」

「了解。筧」

「はい」

救急隊員が運んできてくれたハンガーラックを利用して、点滴のセットを組んでいた筧が顔を上げる。

「ライン取れました。バイタルが不安定な方が二名ほどいるようなので、そちらもライン取りますか?」

「頼む。宮津先生、負傷者の収容とセンターへの連絡、頼んでいいか?」

「わかりました」

宮津はさっと動き出していた。その後ろ姿を見送って、神城はいつになく重いため息をつく。

「筧、悪い」

「はい?」

「五分だけ外す。ライン取り終わったら、後は救急隊に任せて、宮津先生を手伝ってくれ」

そして、神城は筧の返事を待たずに、足早に立ち去ってしまう。

「先生……っ」

「筧くん」

センター長である篠川に名前を呼ばれると、いつも背中がひやりとする。そっと振り返ると、デフォルトである仏頂面がそこにあった。

「僕の医局まで来て。話があるから」

さっと言い捨てると、篠川はさっさとその場を去ってしまった。

「……筧くん」

後ろを通りかかったのは、ナースの片岡《かたおか》だ。

「何やらかしたの？」

「な。何にもしてませんよ……っ」

慌てて手を洗い、ペーパータオルで拭きながら、筧は考える。

〝篠川先生に怒られるようなこと、何かあったっけ……〟

無意識のうちに、センター内を見回してしまう。

「あれ……？」

「どうしたの？　筧くん」

「いえ……」

神城の姿が見当たらない。存在感の塊のようなあの人の姿が見えない。

〝どこ行ったんだろう……〟

あの恐ろしい爆発現場から戻ったのは、二時間くらい前の話だ。

結局、センターに搬送されたのは、宮津が赤のタグをつけた一人だけだった。救急車を受け入れるには、事故現場は離れすぎていたのだ。十台以上出場していた救急車は、すべて近隣の病院に受け入れが決まり、聖生会ヘリとT大付属病院のヘリは、それぞれ赤のタグのついた重傷者を乗せて、飛び立ったのである。

「筧くん、何きょろきょろしてるの？」

「あ、いえ……神城先生がいないなぁって……」

今日の神城は、フライト番の他には、初療室の担当で、診療ブースには入らないはずだった。初療室担当の日の神城は、初療室から離れることはなく、処置中の患者がいない今のような時でも、筧の視界から外れることはほとんどないのである。

「ああ、そうねぇ……。そういえば、フライトから戻って……いつの間にか、いなくなってたわねぇ……って、筧くん、篠川先生に呼ばれたでしょ？　早く行かないと……」

あの仏頂面のセンター長を待たせるなど、あってはならない所業である。

「と、とりあえず、行ってきます！」

筧は神城の身を案じながらも、目の前の問題を解決するために、駆け出したのだった。

怖い怖いセンター長殿は、窓際に立ち、火の点《つ》いていない煙草《たばこ》をくわえていた。

〝これは……やばいかも〟

篠川は喫煙者である。ヘビースモーカーではなく、仕事中に吸うことはほとんどないのだが、精神安定剤代わりに、火の点いていない煙草をくわえる癖がある。つまり、篠川が煙草をくわえている時は、かなり機嫌が悪いのだ。

「申し訳ありません」

思わず謝ってしまう。篠川のきれいな形のアーモンドアイが、きろりとこちらをにらんだ。

「謝らなきゃならないようなこと、したの」

篠川はクールな口調で言い、くわえていた煙草をデスクの上の灰皿に捨てた。

「い、いえ、した覚えはありませんけど……」

首を横に振ってはみるが、明らかに篠川は不機嫌である。

〝な、何かな……〟

「こんなの、僕の仕事じゃない気がするんだけどね」

篠川は筧から視線を外して、窓の外を見ている。

〝あれ……？〟

良くも悪くも、篠川にはためらいとか容赦というものがない。言いたいこと、言わなければならないことを、言いたいように言うのが、篠川なのである。その彼がため息をついている。言葉を探している。

「あの、先生……？」

「まぁ、あの人とは長いつき合いっていうか……長くはないんだけど、まぁねぇ……ご縁があるみたいだから、しかたないか」

わけのわからないモノローグをこぼしてから、篠川はようやく、筧を見た。

「筧くん、神城さん、おかしかったでしょ」

先生呼びが外れている。これはプライベートな話だなと、筧は頷いた。

「はい。正直言って、相当おかしかったです」

そう。あまりに挙動が不審すぎて、逆にツッコむこともできなかった。

センターに搬送されたのは、あのスーツ姿の男性だった。多発性の骨折と内臓損傷が疑われたため、赤タグとなり、センターに運ばれたのだ。結局、ヘリに収容する時も、センターに運び込む時も、神城は一言も口を利かなかった。患者の検査にはすべて付き添い、外傷の処置なども、すべて自らの手で行っていたのだが、その時も一言も口を利いていなかった。比較的饒舌なタイプの神城にしてはめずらしいというか、あり得ない対応だった。

「筧くん、神城さんの実家のことは？　どれくらい知ってる？」

「全然知りません」

筧はあっさりと答えた。

神城の実家が常識外れに裕福なことくらいは見当がついていたが、なぜ裕福なのかは知らないし、家族構成もほとんど知らない。神城に兄弟がいるかどうかも知らないくらいだ。

「先生は何も仰《おっしゃ》いませんので」

「そう……」

篠川は軽く頷いた。

「あの人ね、もんのすごいバックグラウンドの持ち主。神城興産っていう巨大企業体のオーナー一族の直系でね、僕たち、英成学院の後輩は、彼はてっきり会社を継ぐもんだと思ってた。あの人がT大の理Ⅲに進んでからも、大学卒業したら、医者になんかならずに、会社経営の修業するもんだと思ってた。というか……あの人、今でも会社を経営してるよ。今日、君たちが飛んだ小田嶋製作所の経営者は、あの人だから」

「え」

さすがに驚いた。神城が大企業のオーナー一族の出であることは何となく知っていたが、それが何という企業で、その中で神城がどんな立ち位置にいるかは、まったく知らなかったし、知ろうとも思わなかった。しかし。

〝経営者って……〟

「あの人ねぇ、高校生の頃から、小田嶋製作所の経営者なんだよ。小田嶋製作所の二代目ってのが、神城さんが子供の頃に家庭教師かな？　そんなことやってたっていう人らしくてね。会社が神城興産の傘下に入った時、神城さんの祖父《じい》さんが『やってみろ』って、彼に経営権を渡したらしい。まぁ……二代目がよくＯＫしたとは思うけど、神城さんもすごいよね。十五歳から今日まで、しっかり会社をつぶさずに経営してきたんだから」

「で、でも……っ」

筧は慌てて、頭をふるふると振る。

「あ、あんなに忙しい人が、いったいどうやって、会社の経営なんて……っ」

「まぁ、実質的には二代目がやってたと思うよ。でも、あくまで経営権は神城さんにあるわけだから、肝心なところの決定は彼がしていたはず。今はネットもあるからね。どうにでもなるでしょ」

篠川はさらりと言った。

「もうわかったと思うけど、うちに運ばれてきた赤タグが、その二代目だよ。僕も正直、神城さんの顔見るまでは、すっかり忘れてた。何せ、この話を聞いたのは、英成学院にいた頃だからね。慌ててネットで検索かけてみたら、確かに、今でも小田嶋製作所の社長は神城さんだった」

くらりとめまいがした。筧は思わず、そばにあったソファの背をつかんでしまう。

〝先生が……会社を経営してる……？　嘘《うそ》だろ……〟

不器用な人だと思っていた。お金には無頓着《むとんちゃく》だと思っていた。細かいことはあまり考えない。医者しかできない人。そして。

〝俺に……隠し事なんて……できない人……〟

「……こんなこと言いたくないけど、君には覚悟しといてもらわないといけないかもしれない」

「覚悟……？」

篠川はすっと身を屈《かが》めた。テーブルの上に投げ出してあった煙草のパッケージを取って、一本引き出す。そして、デスクの引き出しから、妙に無骨なジッポを取り出し、ピンッといい音を立てて蓋《ふた》を開けた。

「そう」

煙草をくわえ、火を点ける。微かに煙の匂い。篠川の神経質な感じに整った横顔に、紫煙のベール。長い指で煙草を挟み、ふっと顔を横に向けて、煙を吐く。

「あの人、医者をやめるかもしれないよ」

その夜、神城はなかなか帰ってこなかった。筧と同じ日勤のはずだったのに、夜九時を回っても帰ってこない。

「……どうしたんだろ……」

筧は台所に籠《こ》もっていた。さっきまで犬たちも起きて、神城を待っていたのだが、凜《りん》がうとうとし始めたので、全員を寝床に連れていって、おやすみをしてきたところだ。

「……帰ってくるよね……」

ボウルに炊きたてのごはんをあけて、寿司酢《すし》をかけ、さっさっと混ぜていく。つやつやとした寿司飯にたっぷりと混ぜるのは、生姜《しょうが》と青じそ、煎《い》り胡麻《ごま》だ。筧がよく作る薬味寿司である。ボウルの横には、えびそぼろとうなぎの蒲焼《かばや》き、伊達《だて》巻きを切ったものが揃えてある。神城が帰ってきたら、五目寿司にして、食べてもらおうと思っているのに。

「先生、これ大好物なのにな……」

時計を見上げて、ため息をついた時、玄関の引き戸ががらりと開く音がした。

「帰ってきた……っ」

筧はタオルで手を拭くと、台所を飛び出す。

「お帰りなさい……っ」

玄関に顔を出すと、疲れ切った表情の神城が立っていた。広い肩ががくりと落ちて、いつもより一回り小さくなってしまったみたいだ。顔色も悪く、わずか数時間でいくつも年をとってしまったように見えた。

「ああ、深春」

神城は少し笑って、ゆっくりと上がってきた。エプロンをつけたままの筧をぎゅっと抱きしめる。

「ごめんな、電話もできなくて」

「……いいんです」

日勤を上がってから、どこに行っていたのか聞きたかったが、彼が言いたくないなら聞かなくていいと思った。

〝帰ってきてくれただけでいいや……〟

「あの、晩ごはん、食べましたか？」

彼の広い胸に横顔を埋めたまま、筧は言った。

「ごはん、すぐにできますけど……」

「深春」

神城はそっと筧の額にキスをしてくれる。少し哀《かな》しそうな、つらそうな顔で、彼は言っ

た。

「……ごめん。これから、実家に……帰る」

「え？」

「篠川にも、もう許可を取ってある。明日から三日間、休みをもらった」

神城も、篠川を呼び捨てにしている。間違いなく、プライベートに関わる問題で、神城は悩みを抱えているのだ。

「三日で片付くかはわからない。だから、これから実家に帰る。少しでも時間がほしい」

「あの……っ」

筧は、彼のシャツの胸元をそっとつかんだ。眉間《みけん》に皺《しわ》を寄せ、苦しそうな表情の愛《いと》しい人を見上げる。

「少しだけ……ごはん食べませんか？　先生のお好きな五目寿司作りましたから。お腹空いたままだと、いろいろなことをちゃんと考えられないです。すぐに用意しますから、少しだけでも……」

「深春……」

「五目寿司とお吸い物だけですから、すぐ支度します。待っててください」

筧は名残惜しく、神城のシャツを離した。そのまま台所に入ると、五目寿司が映える白いお皿を取り出し、大急ぎで、平らに盛った薬味寿司の上に彩りよく具を並べる。神城が好きなうなぎと伊達巻きをたっぷりとのせ、ポーチドエッグとえのきのお吸い物をあたためると、すぐに晩ごはんはできあがった。

お盆にお寿司とお吸い物をのせて運んでいくと、神城はいつものように茶の間に座っていてくれた。

「お待たせしました。ご実家に帰られるなら、ビールはだめですよね……」

「飲む気分じゃないよ」

神城は苦く笑った。

「お、美味そうだな。おまえは食べないのか？」

運ばれてきた食事が一人前であることに、神城は首を傾《かし》げた。筧は彼の前に座り、お茶をいれる。

「俺はお腹空いちゃったんで、作りながらつまみました」

お茶は香りのいい京番茶だ。神城は箸《はし》を取り、美味しそうに五目寿司を食べ始めた。固く緊張しきっていた表情が柔らかくなっていくのが嬉しい。

「……やっぱり、おまえの作るメシがいちばん美味い」

「よかったです」

筧はたっぷりと京番茶をいれた湯飲みを差し出す。

「……三日間、寂しいです」

ぽつりと言ってしまった。はっとして、筧は口元を押さえたが、飛び出してしまった言葉は戻せない。うつむいてしまった筧の頭に、神城はぽんと手を置いた。

「ごめんな、深春」

いつになく柔らかい声。さらさらと筧の髪を撫でて、神城は言う。

「篠川から聞いたのか？　俺のこと」

筧はこくりと頷いた。神城はふうっと深いため息をつく。

「……黙ってた俺が悪い」

筧が家に帰って、まずしたことは『神城興産』について検索をかけることだった。そして、その巨大さに驚愕《きょうがく》し、あちこち噂《うわさ》を拾って、神城がとんでもない立場にいることに、再び驚いた。彼は巨大な企業を経営する一族の直系であり、現在の経営トップの長男だった。つまり、後継者の第一候補なのである。その上、隠れたるエリート校である英成学院からT大理Ⅲという最高の学歴を持つ彼は、今は相談役に退いた祖父の覚えがめでたく、次期トップは間違いないという噂も飛び交っていた。

「まぁ、面倒な立ち位置であることは認める。常識外れのじじいのおかげで、周囲が振り回されてる。俺は一抜けしたつもりだったんだが……そうじゃなかった」

「先生」

筧は、髪を撫でる神城の手を取ると、そっとその手のひらに頬を寄せた。

「先生が仰りたくないことなら、俺は聞きません。先生が話したいと思った時に話していただければいいです」

「深春……」

「でも」

ぽろっと涙がこぼれそうになって、筧は慌てて神城の手を離した。彼の手のひらに涙が触れてはいけない。彼に、泣いていることは知られたくない。知られてはいけない。

「……俺は、先生のことは『先生』としか呼べないし……呼びたくないです」

あの人たちのように。工場にいたあの人たちのように『尊さん』とは呼べない。筧にとって、神城は永遠の憧《あこが》れであり、たった一人の尊敬する人であり……最高の医師でいてほしい人なのだ。彼が医師でなければ、筧は会うことができなかったし、スーパーナースとまで呼ばれる自分にもなれなかっただろう。筧だけに許された『うちの先生』という呼び方を手放したくない。唯一無二の存在でいてほしい。それだけが筧の願いなのだ。

「ああ、俺もそうだな」

神城はもう一度筧の髪をさらっと撫でてから、食事に戻った。筧が心を込めて作った食事を美味しそうに、一粒も余さずに食べる。

「おまえが『うちの先生』って呼ぶのは、俺だけだもんな。あの呼び方を聞くたびに、俺はおまえのもんだなぁって思うよ」

さらりと言われた言葉が胸に刺さる。もうがまんできない。ぽろぽろと大粒の涙をこぼして泣いてしまう。嬉しいのと寂しいのと……少し怖いのと。

「……帰ってきてください」

筧はうつむいたまま言った。

「篠川先生は、先生が医者やめるかもって言ってたけど、俺は……待ってますから。先生のこと信じて……待ってますから」

神城が食事を終えて、箸を置いた。すっと立ち上がる気配がする。

「……深春」

筧も慌てて立ち上がる。子供のように目を擦り、何とか引きつりながらも笑顔を作る。

「行ってらっしゃい、先生」

「……ああ」

神城は腕を伸ばして、筧の肩をぎゅっと抱いたまま、玄関に向かった。時計は午後十時に近い。

「……待っててくれ」

可愛い恋人を抱きしめて、神城は囁《ささや》く。

「ちゃんと……戻ってくるからな。ここで……俺を待っててくれ」

震える唇にキスをして、神城は筧の瞳《ひとみ》を見つめる。潤んだ瞳から、もうこれ以上涙をこぼさないように、必死にこらえながら、筧は頷いた。

「はい……先生」

待っています。いつまでも、ここで、あなただけを。


「少し涼しくなったね……」

筧は三匹の犬たちを連れて、住宅街を歩いていた。

神城が実家に戻ったのは、一週間前のことだ。篠川に次ぐワーカホリックである神城の突然の休暇取得にスタッフたちは驚き、当然のごとく、筧にいろいろとツッコんできたが、筧自身もほとんど何も知らされていないのだから、話せることは何もない。結局、みんな気にはしているものの、それ以上話題は広がりようもなく、筧は淡々と、いつものように仕事を続けていた。

「先生……ちゃんとごはん食べてるかな……」

神城は美味しいものが大好きだが、基本的にそれほど食に執着はしていないので、食べないなら食べないですませてしまうことがある。基礎体力はしっかりしている人なので、二日や三日ならまともに食べなくても大丈夫とは思っていたのだが、もう一週間である。

『予定が延びている』

メッセージアプリに入ったのは、素っ気ないとも思える言葉だけ。

『心配するな』

〝心配に……決まってるじゃん……〟

篠川から、神城の休暇が延びると発表があった時、スタッフはざわついたが、なぜかを篠川に問いただす勇気のあるものもなく、すでに一週間だ。

〝俺にも……そんな勇気ないよ……〟

筧が聞けば、篠川は答えてくれるかもしれない。しかし、あのよく通る声とはっきりとした口調で、厳しい現実を突きつけられたら、筧は泣いてしまうかもしれない。

〝……もしも先生がもう戻ってこないとしても……それは先生の口から聞きたい……〟

とことん後ろ向きになっている飼い主の気持ちが伝わっているのか、可愛い愛犬たちも、心なしか元気がなく、筧のそばを離れずにとぼとぼと歩いている。

「おや、筧さん」

ぼんやりと歩いていた筧は、ふいに声をかけられて、はっとして立ちすくんだ。横を歩いていた犬たちにリードを引っ張られて、転びそうになってしまう。

「え、え？」

「ああ、申し訳ありません。驚かせてしまいましたね」

顔を上げると、目の前に藤枝《ふじえだ》脩一《しゅういち》の穏やかな笑顔があった。いつの間にか、

『le cocon《ル・ココン》』の前を歩いていたのだ。

「お散歩ですか？」

「あ、ええ……。本当はもっと遅い方がいいんですけど、あんまり遅くに外に出ると、先生が危ないって……」

言いかけて、筧は口をつぐんだ。

そうだ。そう言って心配してくれる人は、家にいないのだ。

一瞬にして、しょんぼりしてしまった筧の状況を知っているのだろう。藤枝が優しい声で言った。

「筧さん、よろしかったら、晩ごはん食べにいらっしゃいませんか？」

「え？」

犬たちが筧のまわりに寄ってきて、ぐるりと囲むようにしてお座りしている。可愛いですねと目を細めて、藤枝は言葉を続けた。

「どうせ、晶の分を作りますから。一人も二人も大差ありません。わんちゃんたちのお世話が終わったら、店の方にぜひ」

藤枝の恋人である宮津晶が、『le cocon』で夕食をとっているのはよく見ていたが。

「でも、俺がお相伴にあずかったりしたら、宮津先生が……」

「あの人は、筧さんに嫉妬《しっと》したりしませんよ」

藤枝はくすくす笑っている。

「一人の晩ごはんは寂しいですよ。よろしかったら、神城先生がお帰りになるまで、うちで夕食を食べませんか？　オーナーも気になさっています」

〝優しいな……〟

みんな優しい。『le cocon』のオーナーは、篠川のパートナーである賀来玲二《かくれいじ》だ。神城の学生時代の後輩でもあるという彼は、恐らく篠川から事情を聞いているのだろう。

「……ありがとうございます」

筧はぺこんと頭を下げる。

「お言葉に甘えます。こいつらにごはんあげたら、お邪魔します」

「お待ちしています」

藤枝の柔らかな声に送られて、筧はトコトコと早足で歩く犬たちと共に、帰宅を急いだのだった。

まだ早い時間の『le cocon』は静かだった。磨き込まれたカウンターに座っているのは、宮津と筧の二人だけだ。

「ごちそうさまでした」

筧はシルバーを置き、両手を合わせた。

「すごく美味しかったです」

「それは何よりです」

食べ終わったお皿を下げながら、藤枝は微笑《ほほえ》んだ。

今日のメニューは夏らしく『ラタトゥイユ』だ。たっぷりの夏野菜をオリーブオイルとにんにくで炒《いた》め、トマトピューレで煮上げるラタトゥイユは、宮津の大好物なのだという。

「コーヒーにしましょうか？　それとも、お酒にしますか？」

「えと……カフェラテでもいいですか？」

アルコールはあまり得意ではない筧である。藤枝はにこりと頷いてくれた。

「いいですよ。晶もラテでいいね？」

「うん。ミルクたっぷりでね」

センターにいる時よりも、宮津の表情は柔らかい。もともと可愛らしい容姿なのだが、今の宮津は本当にリラックスしていて、いつも以上に若々しくて、まるで高校生のように愛らしい。

「お、いい匂いがするね」

カランとドアにつけてあるカウベルが鳴った。入ってきたのは、この店のオーナーの賀来である。いつものように、一分の隙《すき》もないスーツ姿だ。夏なので、さすがにスリーピースではなく、明るいグレイのサマーウールだが、きちんと長袖のスーツを着込んでいる。それでも暑苦しさはなく、すっきりと涼しげなのは、さすがだ。

「いらっしゃいませ、オーナー」

「あ、お邪魔しています」

思わずぺこんと頭を下げた筧に、賀来はくすっと笑った。いつもの店の奥ではなく、いちばん入り口に近いところに座っている宮津と筧の隣に座る。

「あなたはお客様ですよ、筧さん。藤枝、アメリカン・フィズを」

いつもの一杯をオーダーして、賀来はにこりと微笑む。

「筧さん、少しお久しぶりですね。何だか、大変なことになっているようですが」

柔らかな口調でさらりと言われると、言葉にある角がきれいに取れて、すっと耳に入ってくる。筧はこくりと頷いた。

「びっくりしました」

「何だか、俺が言いつけたみたいになっちゃって。ごめんね、筧くん」

宮津が申し訳なさそうに言った。

「あの事故現場での神城先生の様子とか、工場内スタッフの様子とかが気になっちゃって……つい、篠川先生に言っちゃったんだよね。あの工場と神城先生、何か関係があるみたいですって」

「いえ、俺も気になってましたから。うちの先生に聞いていいことかどうか、わかりませんでしたし」

　あたたかいラテを飲みながら、筧はぽつりと言った。

「俺、あの人と一緒に暮らしてるし、学生の頃から知ってますけど……でも、ほんとは何にもわかってなかったんだなって……」

「まぁねぇ、みんなそれぞれさまざまなバックグラウンドを持っているからね」

　賀来が少し肩をすくめる。

「子供の頃は、それほど邪魔にならないけど、大人になるに従って、少しずつさまざまなものが邪魔になってくる。神城先輩の場合、それがたぶん、あのものすごいご実家の存在だったんだと思うよ。確かに、お医者さんには不要なバックグラウンドだし」

「オーナー」

　藤枝が美しいグラスをそっと賀来の前に置く。

「どうぞ。アメリカン・フィズです」

「サンキュ。ねぇ、藤枝は神城先輩のご実家のこと、どのくらい知ってる？」

「いえ、お名前程度ですね」

　藤枝はさらりと答えた。彼もまた、神城や篠川、賀来と同じく英成学院の出身である。

「神城先生は英成学院のレジェンドですから、神城興産の御曹司という話は有名でしたが、それ以上のことは」

「僕もそれほど詳しいことは知らないけど、こういう仕事してるから、耳に入ってくることもあるんだよ」

賀来はアメリカン・フィズを一口飲んで、言った。

「神城興産は、たくさんの異業種の会社を持っている、日本にはめずらしいコングロマリットなんだね。総資産は……どのくらいになるんだろう。僕たちには想像のつかないレベルであることは確かだね」

「はぁ……」

「総帥は、神城先輩のお父さんってことになってるけど、実権はいまだに相談役ってことになってるお祖父さんにあるみたいだね」

「院政ですか」

藤枝が苦笑する。賀来が頷いた。

「そのお祖父さんて人がなかなか強烈みたいでね。現総帥に後を譲る気がまったくなくて、むしろ、孫である神城先輩に譲りたかったんじゃないかって言われてる」

「え」

篁は思わず、賀来を見つめてしまう。彼は相変わらず涼しい顔で、アメリカン・フィズを飲みながら、ゆったりとした口調で言った。

「あれだけの巨大企業になってしまうと、もう家族経営はほぼ不可能だから、神城先輩が後を継ぐとか、そういう問題ではないと思うんだけど、まぁ、現総師が相談役の息子ではなく、お婿さんだってことが引っかかってる人も多いみたいだね」

「お婿さん？　娘婿ってことですか？」

宮津がデザートのジェラートをつつきながら言った。賀来が頷く。

「一人娘の旦那《だんな》さんだよ。まぁ、神城興産の社員ではあったみたいだけど、相談役のお眼鏡に適《かな》った……というわけでもなさそうだね」

「……先生、ご両親とはあまり折り合いがよくないんじゃないかと思います」

筧はぽつりと言った。

「中学から家を出ていますし……お母さんのごはんを食べたことはないって言ってますし」

「まぁ、中学から家を出ているのは、英成ＯＢなら当たり前なんだけどね」

賀来が笑いながら言う。

「問題はそこじゃなくてね。あの家族の思惑が、全員違う方向を向いているんじゃないかということなんだよ」

「思惑が違う方向を向いている？」

筧は、藤枝が出してくれたクッキーをつまみかけていた手を止めた。

「賀来さん、どういうことですか?」

「これはまぁ、下衆《げす》の勘繰りみたいなもんだけど」

賀来は、藤枝が三人の前に並べた銀の小皿から、クッキーをつまんだ。

「あれ、これチーズ味?」

「チーズと胡桃《くるみ》です。チーズは胡椒《こしょう》も効いているので、お酒のおつまみ向きです。胡桃は、さほど甘くはありませんが、まぁお菓子ですね」

藤枝が優しく答えた。賀来はチーズクッキーをつまみに、アメリカン・フィズをまた一口飲む。

「お祖父さんは先輩に後を継がせたい。お父さんは継がせたくない。お母さんはどうでもいい。先輩は関わりたくない。そんな感じじゃないかなって」

「あの……」

宮津がはいと手を上げた。学生みたいで妙に可愛い。

「神城先生の他に、後を継ぐようなご兄弟はいらっしゃらないんですか?」

「妹さんが二人いるね」

筧はびっくりして、目を瞬《まばた》く。賀来が落ち着いた口調で言う。

〝先生に妹?〟

「でも、二人とも海外にいるんだよね。一人はアメリカで、グリーンカード取ってるんじゃないかな。向こうの人と結婚してるから。もう一人は……どこだったか忘れちゃったけど、確か音楽家になってるはずだよ。ヨーロッパのどこかだったと思う」

賀来がもたらす情報の渦に、筧は巻き込まれていた。何が何だか、全然わからない。ただ一つだけ確かなのは……神城が実家から離れたがっていたということだ。だから、彼は筧に自分の家族のことを一切言わなかったのだろう。

「……筧さん」

黙り込んでしまった筧に、賀来がそっと言った。

「臣が……言いすぎたね」

「え……？」

賀来は手を伸ばすと、自分の前の銀の小皿から、胡桃のクッキーを一つ取ると、筧の前の小皿に置いた。

「臣はね、いつも最悪の事態を頭に置いてしまう癖がある」

篠川は言った。とても苦い口調で。

『あの人、医者をやめるかもしれないよ』

「僕のせいなんだと思うけど」

賀来がごめんねと言う。筧は軽く首を傾げた。

「僕が……急に消えたから。大学の合格発表の場から失踪《しっそう》して、十年間、臣と音信不通になったことがあるから、臣は……つい最悪の事態を想定しちゃうんだよね、たぶん」

「十年……」

筧は愕然《がくぜん》とする。

篠川はああいう性格の人なので、自分のプライベートを話すことはほとんどないのだが。

「いや、それ……だめでしょう……」

思わず言ってしまう。宮津に横から肘《ひじ》をつつかれて、あっと思うが、出てしまった言葉は戻せない。賀来と藤枝が顔を見合わせて、苦く笑っている。

「うん、だめだよね。今ならそう思えるんだけど、十八歳の僕にはね、そこまで考えられなかった。臣はよく許してくれたと思うよ」

アメリカン・フィズから香る微かなレモンは、賀来の若い日の苦い思い出の香りだ。

「先生は」

筧は冷めてしまったラテを一口飲んで、言葉を絞り出す。

「帰ってくると……思われますか？」

約束は破らない人だ。そして、できない約束はしない人だ。その人が、三日と言ったの
「賀来さんのせい？」

に、もう一週間戻ってこない。救命救急医という仕事を何よりも愛している人が、その仕事から一週間も離れている。それほど、彼が解決しなければならない問題は大きいのだろう。

「……あの人の責任感の強さが、どういう形で出てくるかだろうね」

　賀来が静かに言った。

「キングと呼ばれる人が、どの王冠を戴《いただ》くのか……僕たちは見守って、待つしかないんだと思うよ」

　ヘリのローターが巻き起こす風は強烈だ。

「神城先生がコンタクトにしないのは賢明だよ」

　篠川がかけていたゴーグルを、フライトスーツのポケットに収めながらため息をついた。コンタクトレンズを使用している彼は、ヘリに乗る時と降りる時だけ、花粉症防止用のゴーグルをかけている。砂埃《すなぼこり》が目に入ると、大惨事になるからだ。

「で？　山の中だって？」

「はい」

　筧は離陸前にＣＳの高杉から受け取ってきたメモのファイルを篠川に渡した。

「男性三名女性二名のパーティで、縦走中に次々に気分が悪くなって、動けなくなったということです。たぶん、熱中症ではないかと」

「何で、ウチが呼ばれたわけ？」

ファイルを受け取り、メモをパラパラとめくりながら、篠川が言う。

「熱中症なら、防災ヘリか自衛隊のヘリで搬送すればいいんじゃないの？　あれ……？」

「重症なんです。すごく」

筧は軽くため息をついた。

「二人が意識をなくしていて、残り三人も筋肉の痙攣《けいれん》や脱力感で動けなくなっています。予定よりも遅れているということで先を急いでいて、食事をとっておらず、水分補給もしていなかったということですね」

「バカじゃないの？」

とても患者には聞かせられない暴言を吐いて、篠川は腕を組む。

「筧くん、輸液多めに持ってきてる？」

「一箱積んでありますけど……冷えていないので、水分補給程度ですね。さっさと搬送した方がいいと思います」

「さっさとね」

篠川がくすりと笑った。

「君は話が早くていいな。神城さんが手放したがらないの、わかる気がする」

神城からの連絡はない。たぶん、言えることがないのだろうと思う。神城の性格からして、結果が出ない以上、経過の説明をしてもしかたがないと考えているのだろう。

〝でも、少しは連絡くれてもいいのにな……〟

「先生、現場が見えました」

前の席にいるフライトエンジニアの有岡が振り返って言った。

「うわぉ、全然日陰とかないところだ」

「降りるにはいいところですけどね」

パイロットの真島が言う。

「ぎりぎりの広さしかありません。先生方、降りる時に気をつけてください」

「はい、了解」

篠川が答える。

「降下します」

真島が言い、ヘリはゆっくりと慎重に降下を始めた。

現場は山の頂上だった。それなりに広さはあるのだが、休憩所として整備はされておらず、日陰もほとんどない。傷病者たちは、防災ヘリから降下した消防隊員が持ち込んだシートに寝かされ、身体を冷やす処置を受けていた。

「うちのヘリには一人しか収容できないから、ピストン輸送するか、防災ヘリに揚収するしかないね」

篠川がステートを外しながら言う。

「筧くん、とりあえず、全員に輸液繋ぐよ。水分を口から取れる人は、経口補水液飲ませて」

筧は頷き、輸液の準備を始めた。ヘリから有岡も降りてきて、経口補水液や輸液を運んでいる。傷病者の状態は思ったよりもよくなかった。篠川が診た時には、意識消失が三人になっていて、縮瞳《しゅくどう》があるものもいた。かなり危険だ。

「よし、とりあえずこれでＯＫ」

篠川があっという間に、二人に輸液を開始する。彼のルート確保の腕はなかなかのものである。救急救命医はだいたいその手の腕はいいのだが、篠川と神城は群を抜く。神城など『ビンデいらず』の異名を持つくらいだ。かなり収縮した血管でも、きっちりと確保する。

「筧くん、あとよろしく。センターに連絡してくるから」

「はい」

筧は消防隊員たちと協力して、ぐったりしている傷病者たちの身体を冷やし、水分を口からとれる者には、経口補水液を飲ませた。

「ここ、車は上がれませんよね」

筧は周囲を見回す。そばにいた隊員が頷いた。白く乾いた地面。ごつごつとした岩。吹き抜ける熱い風。こめかみを流れる汗を、筧は指先で拭う。

「暑いな……せめて日陰があればいいのに」

傷病者の身体を冷やしている水にも限りがあり、せっかくのその水分もあっという間に蒸発していってしまう。

「早く何とかしないと……」

「お待たせ」

筧が救いを求めて、周囲を再び見回した時、ヘリの方から篠川が戻ってきた。

「防災ヘリがこっちに向かってる。いちばん重症の女性をうちのヘリに収容して、あとの四人は防災ヘリに揚収してもらう。応援のドクターも来るっていうから、何とかなるでしょ」

「お、応援って……っ」

筧は目を見開く。

「どうやって来るんですか……っ。ここ車上がれないし、防災ヘリだって降りられませんよ。うちのヘリが離陸しても、防災ヘリって大きいから……」

「さぁね。何とかなるんでしょ」

あっさりと言い、篠川は空を見上げる。

「……腹が立つくらい晴れてるね」

とにかく暑い。頭から水を被りたい。筧はため息をつく。

「腹が立つっての、すんごく同意です」

「君と気が合うなんて、めずらしいね」

篠川は肩をすくめた。

「……あの音はシュペルピューマかな……」

東京消防庁所属の防災ヘリのエンジン音を、篠川は聞き分けたようだった。

「筧くん、収容するよ。ルート外さないよう、気をつけてね」

「は、はいっ」

有岡がドクターヘリ収容のためのロールストレッチャーを運んできた。消防隊員の手を借りて、縮瞳のある傷病者を乗せ、すでにローターを回しているヘリに収容する。

「さて……」

残る傷病者の様子をもう一度確認しているうちに、防災ヘリが上空に来た。ホバリングしているヘリのドアが開く。

「ホイストで誰か降りて……」

思わず上空を見上げた時だった。

「うそ……」

高く晴れた紺碧《こんぺき》の空から、すうっとホイストケーブル一本で、何のためらいもなく降りてくる人。山頂を吹き抜ける真夏の風の中、見事なバランスで、身体を揺らすこともなく、一気に駆け下りてくる、見慣れたフライトスーツ。

「先生……っ」

筧は思わず両手で口元を押さえていた。唇が震えているのが自分でもわかる。

〝先生だ……俺の……先生……〟

防災ヘリから、ホイストで降下してきたのは神城だった。ストンと地面に降りると、慣れた仕草でケーブルを外し、手を振って、ヘリに収納させる。両手で乱れた髪をざっとかき上げて、彼はスタスタと筧に近づいてきた。

「待たせたな、深春」

懐かしいよく響く声。少し痩《や》せたかなとは思うけれど、凛々《りり》しい笑顔はいつもどおりだ。

〝来てくれた……帰ってきてくれた……っ〟

叫び出したい。この場で抱きついて、泣いてしまいたい。しかし、ただ身体は固まってしまうばかりだ。ただこの場に立ち尽くして、愛しい人を見つめるだけだ。

「何だ？　その顔は」

神城が手を伸ばして、いつものように筧の髪をさらさらと撫でてくれる。大きな手のぬくもりが嬉しくて、もう何も言えなくなってしまう。

〝先生が……俺の先生が……帰ってきてくれたんだ……〟

「何言ってんのさ」

つかつかと近づいてきた篠川が仏頂面で言った。

「あのね、その上から登場するの、やめてくんない？　うちのフライトドクターは、ホイストで降下できるから、ヘリを着陸させる必要ないとか思われると迷惑だからさ」

神城は振り向いて笑った。いつものようにからっと明るい笑顔だ。悩みを吹っ切った人の爽《さわ》やかな笑顔だった。

「善処しよう」

神城は、一瞬だけぎゅっと筧を抱き寄せて、軽く頭を撫でてから、さっと傷病者たちの方に向かった。その広い背中を見つめて、筧はこぼれそうになった涙をぐっと手の甲で拭う。

「行くよ」

篠川の声がする。筧は深く一つ息をついた。

「はい、先生っ」

泣くのも笑うのも後にしよう。

あの人が帰ってきてくれた。今はそれだけで十分だ。


「ちゃんと……待っていてくれたんだな」

深く優しい声が耳元に吹き込まれると、筧はもう何も言えなくなってしまう。両手でそっと、愛しい人の背中を抱きしめる。

「やっぱり、このベッドじゃないと眠れないし、一人じゃ……寒くてしかたがない」

「今……夏ですよ」

筧は小さな声で囁いた。いつ彼が帰ってきてもいいように、タイマーでクーラーを入れておいたので、寝室は涼しい。ついつい温度を低めに設定してしまったのは内緒だ。

「でも……俺も寒かったです……」

神城が留守にしていた一週間の間、筧はこの寝室を使っていなかった。自分の部屋に置いてある小さなベッドで寝ていたのだ。

このベッドで眠ってしまったら、きっと彼の夢を見る。そして、もっともっと寂しくなる。その寂しさに自分は耐えられない。だから、三匹の愛犬たちを抱きしめて、一人のベッドで眠っていたのだ。

「すごく……寒かった」

「じゃあ、たっぷりあっためてやるよ」

神城が眼鏡を外した。いつものインテリ顔が急に男っぽく、色っぽくなって、どきどきしてしまう。さらりと髪を撫でられ、小さく吐息を漏らす唇を優しく塞《ふさ》がれた。少しでも彼の体温を盗みたくて、唇を開いて、彼の甘い舌を受け入れる。

「……っ」

軽くじゃれ合うようなキスは、すぐに深くなって、ふわっと意識が浮き上がる。

「……ずっと……おまえを抱きたかった」

耳元に、首筋に唇を滑らせながら、彼が囁いてくる。

「おまえの……あったかいところに入って……そのまま……何も考えずに、ただ眠りたかった」

「俺も……」

いつもならふわふわと気持ちいいはずのコットンのブランケットも、何だか暑くて、無意識のうちに剝《は》いでしまう。

「俺……何かおかしいこと……言うかも」

ほしくてしかたがない。今まで、こんなにも身体が熱くなったことはあっただろうか。

涙がにじんでしまうくらい、彼の圧倒的な力をほしがったことはあっただろうか。

「いくらでもおかしくなればいいさ」

彼が笑う。筧が大好きな顔で。知的でいつも涼しい瞳が甘やかに潤み、筧だけを見つめてくれる。

「ん……っ」

ゆっくりと大きな手で太股の内側を撫で上げられる。すべすべと柔らかい肌を、膝の方からすうっと撫で上げられて、思わず大きく足を開いてしまうと、彼の大柄な身体が、筧の上にゆっくりと覆い被さってきた。筧の小さな身体に体重をかけてしまわないようにコントロールしながら、どきどきと激しい鼓動に震える胸にキスを落とし、ぷくんと膨らんだ乳首をゆっくりと味わうように、きゅっと吸ってくる。

「あ……っ、あん……っ！」

「やっぱり……おまえのここ……可愛いし……甘い」

「何……ばかなこと……ああ……ん……っ」

気持ちよすぎて、泣きそうになる。この人には泣かされてばかりいる気がする。そんなに泣き虫じゃないはずなのに、いやむしろ、気が強い方なのに、なぜか彼の前では泣いてばかりいる。悲しくて泣き、嬉しくて泣き……気持ちよくて泣く。

「いい子だ……」

小さなお尻《しり》を持ち上げられ、洗い立てのシーツから抱き上げられる。

「いい子だな……深春」

彼を受け入れる形に撓《たわ》められていく。彼の形になっていく。彼と一つになる形に。いつもならただ恥ずかしくて、きゅっと目を閉じてしまう瞬間だ。しかし、今日は目を開けてみる。そうっと涙の溜《た》まった目で、彼を見つめる。

〝先生……〟

彼もまた、筧を見ていた。愛しそうに目を細め、ほんのりと桜色に上気した筧をじっと見つめている。

「でかい目で見るな」

少し笑って、彼は筧の唇にキスをする。甘く唇を吸いながら、ゆっくりと深く、身体を繋いでいく。

「……あ……っ！　ああ……ん……っ！」

彼が入ってくるその瞬間、やはり目を閉じてしまった。瞼の裏が真っ白になる感覚を味わいながら、彼の剝《む》き出《だ》しの熱を受け止める。

「あ……あ……っ！　あん……っ！　あ……ん……っ！」

高くうわずる声を抑えることができない。少しだけ久しぶりに感じる彼の熱さに、身体の奥が疼《うず》いて、思わず自分から求めてしまう。

「もっと……来て……もっと……っ！」

はしたないと感じる余裕もないままに、細い腰を揺すり、身体の奥深くに食《は》んだ彼をきつく締めつけてしまう。

「……今日のおまえ……何かすごいぞ……」

彼の声が低く掠れている。

「そんなに……腰を振るな……いつの間に……そんなことを覚えたんだ……っ」

「もっと……ほ……しい……もっと……きて……」

シーツをつかみ、思い切り身体を仰《の》け反《ぞ》らせて、淫《みだ》らに身体を揺らす。

「気持ち……いい……すごく……いい……」

「こら……」

彼が唇を少しゆがめて笑う。額に乱れ落ちた髪が汗に濡《ぬ》れている。

「どこまで……俺を骨抜きにする気だ……」

「あ……ああ……ん……っ！」

ぐっと身体を起こした彼と向かい合わせの形で抱き起こされる。

「あ……っ！　あ……っ！　ああ……っ！」

思い切り突き上げられて、悲鳴のような叫び声を上げてしまう。

「ああ……ん……っ！」

思い切り乱れる。彼の腕に抱かれ、彼の熱に貫かれて、何か別のものになってしまう。

「せんせ……大……好き……っ！　好き……っ！」

「ああ……俺もだ……」

可愛くてしかたがない。腕の中で不規則に震える小さな身体を抱きすくめて、彼は吐息で囁いてくれる。

「……愛してる……おまえだけだ……」

身体の奥深くに放たれる火傷《やけど》しそうな熱をすべて受け止めながら、愛する人の言葉を身体と心に刻みつける。

愛してる。おまえだけだ。


台所と茶の間には、出汁《だし》のいい匂いが漂っていた。

「今日は……お赤飯にするつもりだったのに」

筧は少し不満そうに言いながら、どんぶりを二つのせたお盆を置いた。

「おつゆだって、もっと凝ったのにしたかったのに」

「お、親子丼《どん》か」

神城が風呂上《ふろあ》がりのさっぱりした顔をほころばせる。

「味噌汁《みそしる》は……トマトとミョウガか」

「あり合わせです」

お腹が空いて目を覚ました筧は、ぎしぎしいう身体をだましだましベッドから出ると、さっとシャワーを浴び、すぐに晩ごはんの支度を始めた。すでに時計は午後九時を回っているが、こんなにお腹が空いていては、とても眠れない。というわけで、神城がシャワーを浴びている間に、冷蔵庫にあった鶏《とり》ももと卵、玉ねぎとわけぎで親子丼を作り、トマトとミョウガという夏らしい具材の味噌汁を添えて、遅い晩ごはんの食卓を整えたのである。

「……明日はちゃんと作りますから」

向かい合って座り、両手を合わせてから、食事を始める。

今日は盛りだくさんすぎる一日だった。あまりコンビを組んだことのない篠川とのフライト。凄《すさ》まじい暑さの山岳遭難の現場。空から降ってきた愛する人との再会。そして。

〝玄関入るなり……ベッドに連れ込まれた……〟

餓《う》え渇いた人のように、この家に入るなり、神城は筧を抱きすくめてキスを奪うと、そのままベッドに運んでしまったのである。

「……やっぱり、おまえのメシじゃないと食べる気にならないな」

ちょうどいい味かげんの親子丼に、神城はご機嫌だ。

「うん、鶏肉も柔らかいな。何でおまえの親子丼は美味いんだろうなぁ」

「……鶏ももに小麦粉をまぶすんです」

筧はそう答えると、味噌汁の味をみる。うん、トマトの味噌汁って夏っぽい。残ってい
たミョウガを入れてみたけど、味がしまった。

「先生、ごはん、ちゃんと食べてたんですか？」

やはり、神城は少し痩せたようだった。少しだけ頬が尖《とが》って見える。

「あー、あんまり食べてないかも。食べてる暇もなかったしな」

神城はあっさりと答えた。

「話を聞かない奴を追いかけ回して、説得やら脅しやらかけるのは疲れるぞ」

「脅しって……何ですか、それ……」

思わず聞いてしまってから、筧ははっと口を閉じた。神城が苦笑している。

「別にいいぞ。話はついたしな」

どんぶりを抱え、美味しそうに親子丼をかき込む。

「ま、メシ食ってからにしよう」

「おまえが何をどこまで知っているのか、今一つわからないんだが」

そんな言葉で、話は始まった。二人は縁側に座り、時折ふわふわと飛び交う蛍を眺める。

「俺の実家は神城興産っていう会社を経営している。まぁ、いろいろと業種の異なる会社を持っていて、総帥は父親、祖父が相談役ということになっているが、実際会社を切り回しているのは祖父だ。引退すりゃいいのに、父親が頼りなく見えるらしくてなぁ……」

飲んでいるのは、筧が冷やしておいた麦茶だ。ちゃんとやかんで沸かしたものなので、香ばしくて美味しい。

「父は祖父の息子じゃなくて、入り婿なんだよ。でも、母との結婚を許した時点で、それなりに認められているんだと思うんだが、どうも、あの人は祖父と血が繋がっていないことに対するこだわりがあってな。祖父と血が繋がっていて、顔も声もでかい態度も似ている俺がうっとうしくてしかたがないらしい」

「あの」

筧はせっせと夏みかんを剝いている。今の夏みかんは昔のものと違って、砂糖などつけなくても美味しい。酸味は強いが、ちゃんと甘みもあって、筧は甘いだけの柑橘《かんきつ》より、こっちの方が好きだ。

「もしかして、先生が英成学院に入ったのって、それが原因とか？」

「まぁ……なきにしもあらずかな」

神城は筧が差し出す夏みかんを受け取った。ちゃんと薄皮をくるっと返してあるので、そのままひょいと口に入れる。

「うわ、酸っぱいな……」

「暑さが引きますよ。ついでに疲れも取れます」

筧も一つ口に入れる。うん、やっぱりこれは夏の味だ。

「この前、ヘリで降りた小田嶋製作所は、俺の世話係……って嫌な言い方だな。俺が物心つく前から、母親に代わって俺を育ててくれた奴の実家だったんだ」

「先生を育てた？」

「俺と妹たちは年が近くてさ、母親は俺を育ててる余裕がなかったし……まぁ、あの人は息子はほしくなかったらしい。俺のことは、当時祖父の秘書だった小田嶋に任せっきりでな。英成学院出身だったのも小田嶋で、推薦状も彼が書いてくれた。俺にとっては、両親よりも親だよ。俺が高等部に入った年に、彼は祖父の秘書をやめて、実家の経営に専念することになった」

それが、あのスーツ姿の傷病者かと納得した。

「でも、あの会社は先生がオーナーだって……篠川先生が」

「ああ、名目上は俺になってる。その方が祖父に無理が言えたからな。小田嶋が実家を継いだ時は、お世辞にも経営状態はいいとは言えなかったし、祖父は損切りするのが早いタイプだしな」

酸っぱいと言いながらも、神城は夏みかんを次々に食べている。気に入ったらしい。

「だが、俺が経営者に名を連ねることによって、小田嶋の会社は神城の傘下から離れられなくなってしまった。神城興産は、すでに化学関係の製造からはほぼ撤退しているのに、小田嶋製作所だけが取り残されて、ちょうど離れ小島のようになってしまった。小田嶋は……一人で神城興産と小田嶋製作所の間を取り持ってきたんだと思う。俺が……めんどくさがらずに、とっとと祖父に話をつけて、小田嶋の会社を神城興産から切り離していれば、あいつは疲弊せずにすんだんだ……」

「でも、それと事故とは……」

筧は麦茶のポットから、コップにお茶を注ぐ。神城は軽く手の甲で、筧の頬を撫でた。

「関係ない。だが、下手に俺が関わってしまったことで、必死に現場で努力している小田嶋よりも……スタッフが俺を頼ってしまうようになっていた。小田嶋をすっとばして、俺にコンタクトを取ってくる部・課長クラスも結構いてな。小田嶋を通すより、俺に言った方が祖父に話が伝わりやすい……そんな風に思ったんだろうな」

筧はああと頷いてしまう。あの現場の空気感。小田嶋も含めて、みなが神城を頼っていた。いやあれは崇拝に近い空気だった。それはそうだろう。偶然とは言え、爆発事故という未曾有《みぞう》の危機に、カリスマたる神城が颯爽《さっそう》と現れてしまったのだから。

「このままじゃまずい。下手をしたら、小田嶋の会社は空中分解を起こしてしまう。今のうちに経営権を小田嶋に渡して、一から経営を立て直さないと、小田嶋だけが持っているノウハウが埋もれてしまう」

「でも、それを小田嶋さんは望んでいるんでしょうか？」

筧は剝き終わった夏みかんの皮をまとめる。柑橘は味も好きだけど、この香りが何より好きだ。

「小田嶋さんは……先生と会社を経営したいんじゃ……」

「でもな、深春」

神城は少し困ったように、少し哀しそうに笑う。

「どうがんばっても、俺は経営者にはなれない。俺はさ、医者にしかなれない男だ。小田嶋や奴らの期待には応《こた》えられないんだよ」

広い背中が寂しそうだ。何だかたまらなくなって、筧はその背中にそっと寄り添う。広くてあたたかい背中に頰をつけて、微かなミントの香りを吸い込む。

「……実家に戻って、祖父と両親を追いかけ回して、どうにか小田嶋製作所への支援と俺が持っていた経営権を小田嶋に戻すことを了承させてきた。ついでに……」

神城の手がきゅっと筧の手を握る。

「……相続放棄の手続きを開始するように依頼してきた」

「そ、相続放棄って……」

筧は思わず絶句してしまう。神城は神城興産の御曹司で、創業家の一員なのだ。恐ろしく裕福であることは間違いないだろう。その相続を放棄しようというのか。

「そんなこと……しちゃっていいんですか……?」

「いいも悪いも」

神城は最後のひと房になった夏みかんを手に取る。

「実家の金は祖父と父が稼ぎ出したものだ。俺は大学まで、何不自由なく、十分な教育を受けさせてもらった。それだけで十分だ」

やっぱり酸っぱいと笑って、神城は夏みかんを頬張る。

「泣き言は言いたくないけどさ、俺はあの家にはいない方がいい人間なんだよ。俺がいない方が、両親と祖父はうまくいくし、妹たちも帰ってきやすい」

「え……?」

神城は夏みかんを食べ終えると、ゆっくりと立ち上がり、庭下駄《にわげた》を履いて、涼しい風の吹く夜の庭に出た。筧も慌てて後を追う。

「俺があの家に戻ると、祖父は俺を呼びつけて、人に使われるより使うようになれと説教をかますし、父親は祖父の部屋に呼ばれる俺をできるだけ見ないようにしているし、母親は……まぁ、いないことが多いけど、たまに顔を合わせると、パパの気持ちも考えなさいと言う。妹たちは……お兄様がいると家の空気がギスギスするって言う」

「先生」

筧は神城の腕に、そっと後ろから両手で抱きつく。

「もう……いいです。俺、先生が帰ってきてくれただけでいいです。それだけで……十分です」

「深春」

一つ二つと舞う蛍たち。淡い緑の光はふわふわと儚《はかな》くて、まるで、今の神城の心のようだ。

「祖父から、本当に何もいらないのかと言われた。まぁ……まともに相続したら、そうだな……篠川たちの住んでいるマンションなら……まるごと買えるかもしれないなぁ」

「げ」

筧の正直すぎる声に、神城は笑い出す。

「だから、一つだけ生前贈与の形でもらってきた」

「一つだけ？　マンションですか？」

「マンションがよかったか？」

神城は振り向くと、筧をきゅっと抱きしめた。

「それなら買ってやるぞ？」

「い、いりません！　俺、ここが気に入っているので！」

筧の返事に、神城は満足したように、その唇に軽くキスをした。

「だから、ここをもらってきた」

「ここ……？　この家……ですか？」

そういえば、この家は神城の実家の持ち物だと聞いていたが。

「ああ。ここは祖父が新婚時代に住んでいた家なんだそうだ。住んでいたと言っても、本当に数ヵ月くらいらしいがな」

平屋の日本家屋。広い庭。風の吹き込む気持ちのいい縁側。

それほど交通や買い物の便もよくない古い家なのに処分しなかったということは、恐らく、神城の祖父にとって、幸せな記憶のある家なのだろう。

「あんな古い家でいいのかと言われたから、もうそこが俺の帰る場所になっていると答えた」

〝先生の……帰る場所……〟

「深春」

神城の穏やかな声と柔らかな体温が、筧を包む。

「この一週間、この家に帰りたかった。おまえのそばに帰りたくて帰りたくて……気が変になりそうだった」

「……はい」

筧はこくりと頷く。

「俺も……先生に会いたくて……変になりそうでした」

ぴったりと抱き合って、二人は梢《こずえ》を渡る風の音を聞く。さやさやと耳をくすぐる密《ひそ》やかな夏の夜風。灼熱《しゃくねつ》の山頂に吹き抜けた熱風とはまったくの別物である、ひんやりと涼しく優しい風が、二人の頬を撫でる。

「……お帰りなさい」

筧はそっとそっと囁く。

「もう……どこにも行かないでください」

「ああ」

愛しい恋人を抱きしめて、神城は頷く。

「ただいま。俺の……大事な深春」


今日も空は高く晴れ上がり、雲一つない真っ青な空が広がっていた。

「うわ……暑い……」

ヘリポートに駐機しているドクターヘリのドアを開けて、筧は軽い悲鳴を上げた。いきなり熱風が吹き出してきたからだ。

「筧さん」

装備確認のために、ヘリに頭を突っ込んだ筧に、パイロットの真島が声をかけてきた。

「はーい！　あ、少しドア開けといていいですか？　中、暑くて……」

「筧さん、神城先生はどちらですか？」

「え？」

筧は振り返って、少し首を傾げた。管制室から姿を見せている真島の後ろに、スーツ姿の壮年の男性が立っていたのだ。

「……今、こちらにいらっしゃると思います。コンビニに寄ってから、こっちに来るって……」

「うわ、暑いな」

そこに、センター側から神城が現れた。スクラブのポケットにいつもの缶コーヒーを二本入れている。

「筧、おまえの分も……」

言いかけて、神城はふと足を止めた。

「……小田嶋」

「尊さん、お世話になりました」

スーツ姿の男性が管制室から出てきた。ほっそりと背が高く、優しそうな雰囲気の人だ。

〝小田嶋って……あの時の赤タグ……〟

すでに、あの爆発事故から一ヵ月ほどが経《た》っていた。今日もひどく暑くて、この夏はいったいいつになったら終わるんだろうと思ってしまう。筧は少し迷ってから、ゆっくりと身体を起こして、白い夏の光の中で向かい合う神城と小田嶋を見つめた。

〝この人が……先生を育てた人〟

「尊さん、考え直していただくことはできませんか」

小田嶋は静かな口調で言った。

「私はまだまだ尊さんと一緒にやっていきたいと思っています。それはうちの従業員たちも同じだと思います」

神城が小田嶋製作所の経営から手を引くことは、すでに正式に決まっていた。神城家の相続放棄の件も話が進んでおり、神城は仕事の合間を縫って、弁護士のところに出かけている。さすがに資産が莫大《ばくだい》なので、手続きも簡単にはいかないらしい。

「小田嶋、今までありがとう」

神城はゆっくりと言った。穏やかに微笑んで、すっと手を差し出す。

「何も知らなかった俺に、いろいろなことを教えてくれてありがとう。小田嶋のおかげで、今の俺がある。もう……俺のお守《も》りはしなくていい。おまえの人生を生きてほしい」

「尊さん……」

小田嶋の目に光るものがあった。彼は両手で神城の手を握る。

「いいえ……あなたがいてくださったから……私は何とかがんばってこられたんです。尊さんが……いてくださったから」

「俺が」

神城はいつになく優しい口調で言った。

「あのギスギスした家の中で、ひねくれずに育ってこられたのは、みんなおまえのおかげだ。神城尊を作ったのは、間違いなくおまえだよ」

「……ありがとうございます」

小田嶋の頰に涙が伝う。

「……もう……私の可愛い尊さんではなく……あなたは神城先生……なのですね」

少し恥ずかしそうに、小田嶋は手の甲で涙を拭う。

「かっこよかったですよ、尊さん。うちの工場にあなたがあのヘリで来てくれた時。あんな状況なのに……私はあなたに見とれてしまいました。本当に……かっこよかった」

「小田嶋にそう言ってもらえるのが、いちばん嬉しい」

神城はそう言うと、ぼけっと見ている筧を手招きした。筧は目をぱちぱちさせてから、慌てて駆け寄る。感動の対面にお邪魔していいのかなという顔で。

「小田嶋、今、俺の面倒を見てくれているパートナーの深春だ。可愛いだろ」

「せ、先生……っ」

筧はじたばたと焦るが、神城はどこ吹く風だ。小田嶋も特に驚く様子はなく、深々と筧に向かって頭を下げている。

「この前はお世話になりました。ヘリで来てくださった方ですね？　本当にてきぱきとなさっていて、尊さんと息が合っているなぁと思っていましたが。これからも、尊さんをよろしくお願いいたします」

「は、はい……」

〝俺は……嫁かな？〟

もう一度深々と頭を下げた小田嶋を、神城は玄関まで見送ると言って、二人は去っていった。まるで親子のように寄り添い合う後ろ姿に、少し胸がきゅんとする。筧自身は、父の顔どころか、名前も知らない。少しだけ、父親と息子の関係には憧れがあるのだ。

「……カタがついたみたいだね」

唐突に背後から聞こえた声に、筧はびっくりして振り返る。

「さ、篠川先生……っ」

ストレスを感じることでもあったのか、いつものように火の点いていない煙草をくわえた篠川が立っていた。

「一件落着で何よりだよ。神城先生はエンジン全開で絶好調だし、君も元気だし。君たちが不調だと、センターの士気が下がるからね」

篠川はベンチに座った。いつもひんやりとした空気をまとっている人だが、さすがに暑いらしく、いつもの長白衣は脱いでいて、半袖のケーシー姿だ。

「……この前はよけいなこと言って悪かったね」

篠川がぼそりと言った。

「え、何か言われましたっけ……」

篠川が謝るなんて、槍《やり》でも降るんじゃなかろうか。そういう気持ちが顔に出ていたらしく、きろりとにらまれた。

「神城先生のことだよ。やっぱり、第三者の僕がどうこう言う話じゃなかった」

〝そういや、篠川先生から予備知識を与えられていたから、先生の話を聞いても、あんまりびっくりせずにすんだんだよな……〟

「いえ、正直助かりました。ありがとうございました」

筧はぺこんと頭を下げた。

「俺、何か、いろいろ聞くのが苦手で。もしかしたら、先生は聞いてほしかったのかもしれないけど、俺、相手が話してくれることは聞きますけど、こっちから聞くのが苦手なんです」

「それって、微妙にナース失格じゃないの？」

手榴弾《しゅりゅうだん》が飛んでくる。やはり、一筋縄ではいかない人だ。筧は軽くため息をついた。

「そうかもしれませんね。相手が言いたくないことは聞きたくないし、知らなくてすむことなら、それでもいいかなって。だから、俺、両親がなんで離婚したかも知りませんし、父親の顔も覚えてないし、何なら名前も知りません」

「え」

篠川がぎょっとした顔をしている。これはめずらしい。

「君んとこのご両親、ちゃんと結婚してたんだよね？」

「はい。俺が生まれてじきに離婚したって聞いてます」

だが、家には写真の一枚もないし、会いに来てくれたこともない。養育費ももらっていないと聞いている。筧の人生には、父親というものが存在していないのだ。

「……まぁ、家庭の事情は人それぞれだ」

篠川はそうつぶやくと、すいと立ち上がった。唇から引き抜いた煙草を携帯灰皿に放り込んで、きゅっと蓋を閉める。

「さてと」

ちょうど神城が戻ってきていた。晴れ晴れとした……そう、この高い夏空のような笑顔を見せている。

「センター長殿、暇なのか？」

よく響く声。すっと凛々しく伸びた広い背中。

やっぱり、この人が好きだ。好きで好きで、しかたがない。自分でもおかしいと思うくらい好きで、そばを離れたくない。

「暇なわけないでしょ。副センター長殿がサボってばっかりいるから、忙しくって」

ひょいと嫌味を投げて、篠川はセンターに戻っていく。その背中を見送って、神城はくすくすと笑っている。

「何笑ってんですか」

思わずつけつけと言ってしまう。プライベートではベタベタに甘えてしまうが、ここでのスタンスはこれだ。ずっとあなたの背中を追って、何とか併走しようとがんばって。

「いや、ちゃんと……戻ってきたなと思ってさ」

戻ってきた。笑顔の似合う、最高の人が戻ってきた。

ここはあなたのいるべき場所で、あなたの帰る場所。

お帰りなさい。ここはあなたのための王座だ。

ラブ・アフェアは突然に

「ブラシをかけるからおいで！」

ベランダのガラス戸を大きく開けて、篠川臣《ささがわおみ》はリビングに向かって呼びかける。

「スリ！　おいで！」

篠川の声に応じて、リビングから出てきたのは、笑いをこらえている美丈夫だった。

「だめだよ、臣。スリじゃなくて、イヴからやらないと」

篠川のパートナーである賀来玲二《かくれいじ》は、おっとりとおとなしいコーギー犬を抱えていた。

ブルーのリボンを首に結んだイヴは、篠川と賀来、二人の愛犬である。そして、賀来の足に隠れて、こっそりとベランダをのぞいているピンクのリボンが、もう一匹の愛犬スリだ。こちらもコーギーで、イヴよりも少しだけ小柄で、おてんばである。

「そりゃ、イヴの方が楽だけどさ」

篠川は肩をすくめると、賀来がトンとベランダに下ろしたイヴの顎《あご》のあたりを軽く撫《な》でた。篠川が手にしているブラシを見て、イヴはコロンと横になる。本当に賢い子だ。篠川は丁寧にブラッシングを始めた。

「スリの方が手がかかるから、僕に体力と気力があるうちの方がいいんだよ」

スリは賀来の足の間から顔を出して、露骨に嫌だなぁという顔をしている。おてんば娘のスリは、じっとしてブラシをかけられるのが苦手だ。ブラッシングを始めて、一、二分すると、もぞもぞと動き始め、足をパタパタさせ、やがて、ぴょんと跳ね起きて、逃げだそうとする。

「イヴは本当にお利口だから、スリと闘った後でも、ちゃんとブラッシングできるんだけど」

「スリだってお利口だよ」

賀来はそう言って笑うと、じたばた暴れているスリをひょいと抱き上げた。おとなしいイヴは篠川のお気に入りで、おてんばで元気なスリは賀来のお気に入りである。

「ね？」

「お利口の方向が違うんだよ」

篠川はそう言いながら、おとなしくしているイヴに、せっせとブラシをかける。

九月に入って、急に風は涼しくなっていた。昼間はまだ暑さも残っているが、午前中や夕方はすうっと急に涼しくなる。犬たちの毛皮もそろそろ夏毛から冬毛に変わろうとしている。完全室内飼いの娘たちは、それほど極端な換毛はしないが、それでもやはりブラシはマメにかけてやらなければ、彼女たちの美しい毛並みはキープできない。

「……ねぇ、臣」

いやいやをしているスリを抱っこしてなだめながら、賀来がゆったりとした口調で言った。

「僕ってさ、この頃、健康になったと思わない?」

「思わない」

ばっさりと篠川が切り捨てる。

「また痩《や》せただろ。何なら、がっつりと検査してやろうか?」

賀来は過労で倒れて、篠川の勤務先である聖生会《せいせいかい》中央病院付属救命救急センターに搬送されたことがある。そのまま入院となり、そのアクシデントのせいで、二人の関係が思いっきりバレてしまったという、篠川にとっては笑えない事態になったのである。

「遠慮しておくよ」

賀来はよしよしとスリを揺すり上げる。

「でもさ、ワインも空《す》きっ腹《ぱら》では飲まないようにしているし、『le cocon《ル・ココン》』で飲むアメリカン・フィズも二杯までにしてるよ?」

「当たり前じゃない。何ドヤ顔してんのさ」

篠川は冷たく言った。賀来が愛して止《や》まない美しいアーモンドアイで、きろりとにらみ上げる。

「あのね、有能なトップの条件、知ってる?」

「有能なトップの条件？」

賀来が首を傾《かし》げた。柔らかい栗色《くりいろ》の髪が、ふわふわと風に揺れている。いやいやをしているスリに頰《ほお》ずりしながら、賀来は篠川を見つめる。

「何それ」

「自己管理」

篠川はピッと指を指した。賀来は穏やかに微笑《ほほえ》む。

「できてるよ。気をつけてるって……」

「できてないから、瘦せるんじゃないの。あ、ごめん」

少し強めにブラッシングされて、イヴが小さな声で抗議した。

「ごめんね、イヴ。バカにイライラしていたら、つい力が入った」

「何で、そんなにイライラしてるの？」

賀来はスリを抱っこしたまま、ベランダに出てくる。二人の暮らす高層マンションのベランダは視界の開けた南向きで、かなり遠くまで見渡せる。その上、二人の住む部屋は、このマンションの最上階だ。賀来はしがみついてくるスリをなだめながら、そっと下を見下ろす。

「こんなに……気持ちのいい日なのにさ」

子供たちが自転車で走り回っている。くるくると円を描いているところは、まるでねじ巻きおもちゃのようで、とても可愛《かわい》い。

「……さぁね」

篠川はまたおとなしく横になったイヴにブラシをかけながら、ふんと鼻を鳴らす。

「忙しいからじゃないかな。だいぶ涼しくなったのに、熱中症が多くてね。まったく……子供じゃないんだから、暑さを忘れるくらい夢中になって、遊ぶことないじゃない」

「それはそれは」

賀来はくすくす笑っている。

「いや、笑い事じゃないけど。でも、そんなに夢中になれることがあるっていいよね」

「人に迷惑さえかけなきゃな」

素っ気なく言って、篠川は肩をすくめる。

「玲二、暇なら、何か冷たいもの作ってよ。喉渇《のどかわ》いた」

「アイスティーでいい？」

「何でもいい」

「じゃあ、オレンジティーにしようか。昨日『le vent《ル・ヴァン》』に行ったら、坂西《さかにし》が美味《おい》しいのくれたから、仕込んでおいたんだよ」

「…………」

キャンッとイヴが鳴いた。ぱっと跳ね起きて、ブラシを持ったままの篠川の手に両前足で抱きつくようにして、抗議している。おとなしいイヴにはめずらしい反応だ。

「臣……」

室内に戻っていた賀来がびっくりしたように、振り返っている。

「何してんの……？」

「……わからないならいい。ごめんね、イヴ」

イヴをひょいと抱き上げると、すりすりと滑らかな毛皮に頰ずりする。

「バカなパートナーを持つと苦労するよねぇ」

賀来の作るアイスティーは美味しい。何せ一晩かかる作り方だ。

「……これ飲むと、ペットボトルとかカフェのアイスティーが飲めなくなるんだよね」

篠川はため息をついてから、グラスからゆっくりとアイスティーを飲んだ。

賀来はアイスティーを鍋《なべ》で作る。専用にしているホーロー鍋にたっぷりのお湯を沸かし、そこにティーバッグを入れる。賀来に言わせると、二リットルの水に対して、ティーバッグを三つ、そして蓋《ふた》をして、きっちり二十一分蒸らしてから、ティーバッグをそっと引き上げて、粗熱を取ってから、ピッチャーに移して冷やす。

「オレンジ、美味しいでしょ？」

「………」

冷たい紅茶に、たっぷりのオレンジ果汁を搾り、オレンジスライスを飾ったオレンジアイスティーはすごく美味しい。しかし、篠川は仏頂面で、ただ紅茶を飲むだけだ。

「ねぇ、臣」

「何」

愛犬たちは、リビングに並べた犬ベッドですーすーと眠っている。ブラッシングは犬たちも疲れるらしく、ブラシをかけてもらった後は、たいてい並んでお昼寝である。

「そんなに怒らないでよ」

賀来は苦笑している。

「臣が坂西のこと嫌いなのは、わかってるから」

『le vent』の坂西燎《りょう》は、賀来の持っている六店舗の中で、いちばん若い二十代の支配人だ。元は『la lune《ラ・リューヌ》』のギャルソンだったのだが、そのルックスとマナーの良さを認めて、賀来が新しい店舗の支配人に抜擢《ばってき》したのである。それだけなら、篠川もここまで嫌わなかったのだが、賀来が倒れて入院した時、見舞いに来た彼の所業から、篠川は彼が賀来のことを、オーナーと支配人の立場を越えて、恋愛のレベルで慕っていることを知ったのだ。恋人が他人から粉をかけられて、嬉《うれ》しい者はいない。いたとしたら、それは何か別の性癖である。

「わかってるなら、その名前出さないでよ」

篠川は不機嫌に言った。

「聞きたくもない」

「うーん……わかってるけど、そうはいかないんだよ」

少し困ったように笑いながら、賀来が言う。篠川は意外だという風に、軽く眉《まゆ》を上げた。賀来は篠川を怒らせないように気を遣っている節がある。そんなくだらないことに気を遣うなら、もっと別の方向に意識を持っていけと言いたいのだが、まぁ、わかってやっていることなのだろう。しかし、その賀来がわざわざ、篠川が嫌う坂西の名前を出してきた。

「……僕が自分の店に顔を出していることは知っているよね」

「知らないはずないだろ」

賀来は、自分の持っている店に定期的に顔を出し、接客をしている。それは賀来玲二の店に来てくれる客への礼儀であり、またスタッフの接客レベルを維持するために必要なことなのだと、篠川は理解している。賀来の負担になることだから、できたらやめさせたいと思っているのだが、お互いの仕事には口を出さないのが、二人のルールだ。何せ、仕事のジャンルが違いすぎる。完全な理解はできないことはわかっている。

「でもさ、今まで、『ｌｅ ｖｅｎｔ』には顔を出していなかったんだよね」

「それも知ってる」

『le vent』は、賀来が手がける初めてのカジュアルラインの店だ。価格帯もぐっと下げていて、四桁《けた》でディナーが食べられる。あまり賀来玲二の店というカラーを濃くしてしまうと高級店のイメージがついてしまい、客足が鈍るのではないかと危惧《きぐ》して、今まで、賀来は表だった接客をしてこなかったのだ。

「来月から、他の店と同じように、定期的に店に出ることにしたよ」

賀来はさらりと言った。思わず、篠川は目を剝《む》いてしまう。

「玲二……っ！」

「条件は、他の店と同じ週一回。ただ、他の店のような事前告知はしない。それやっちゃうと、客筋が変わる可能性があるからね」

「玲二、何言って……」

店に出ての接客は、賀来の身体《からだ》に負担をかける。きっちりとスーツを着込み、テーブルからテーブルへと回り、時にワインや料理のサーブもする。エントランスまで見送る。写真撮影やサインに応じる。上体を屈《かが》めたままの姿勢で、ずっと話をし続けることもある。ギャルソンやシェフたちには、定期的に休憩を入れさせるが、賀来はそうではない。数時間も立ち続け、歩き続け、笑顔を作り続ける。

「だめだよ」

篠川は言下に言い切った。

「そんなの、僕が許さない」

「許すも許さないもないよ」

賀来は柔らかい口調で、しかし、断固として言い切る。

「僕の店のことだからね。僕が決める」

「だって、今まではしてこなかったじゃない。何で、今さら……っ」

「うーん……」

賀来は少し困ったように笑った。

「はっきり言うと……売り上げの問題かな」

「そんなの、あのバカの責任だろ」

名前を言うのも嫌だ。篠川の言葉に、賀来はそうとも言い切れないんだよと言う。

「お客さんはそれなりに入ってるんだよ。予約もほぼ満席状態だし、ランチも好調」

「じゃあ、何で……」

「客単価が低い」

賀来はさらりと言った。ふと見ると、いつもと少し目つきが違う。いつもは少し下がり気味の優しい目元が、きりりとして見える。これは『経営者』の顔だ。

「『le vent』は、カジュアルラインだから、メニューの値段を上げることは難しいんだ。アラカルトとドリンクを組み合わせても、五桁にはいかないように価格設定をしてある」

「それって……玲二の店としては、結構苦しくないの？」

篠川は、賀来の店でよく食事をとる。賀来がオフィスの隣に持っているプライベート・テーブルで食べるので、メニューを開いたことはほとんどないが、店に入る時にエントランスに飾ってあるメニューを見ることがあるし、食材にこだわって、いいものを使っていることも知っている。それだけに、単価を下げることは難しいはずだ。

「苦しいね」

賀来は正直に言う。

「スタッフはがんばってくれていると思う。接客のレベルも高いし、メニューも工夫している。味も落ちていない」

「じゃあ、いいじゃない」

アイスティーをゆっくりと飲みながら、篠川は話を聞く姿勢になる。賀来が自分の仕事のことを話すのはめずらしい。

「いいんだけどね」

賀来は滴をまとったピッチャーからアイスティーをグラスに注ぐ。

「でも、客単価を初めから低く設定しているのに、他の店と使う食材は変わらないし、テーブル設定、予約時間の設定も変わらない。……この意味、わかる？」

客単価の低い店が利益を上げるには、回転数を上げるしかない。つまり、客の店内における滞在時間を短くして、多くの客を受け入れるのだ。

「わかるけど」

篠川は頷《うなず》いた。

「でも、それでも、頭の回転は悪くない。それと玲二の出馬がどう関係してくるの？　玲二が行ったからって、お客がさっさと帰ってくれるわけじゃないでしょ？」

「客単価を上げるんだよ」

賀来は少し苦しそうに言った。

「ディナータイムの客単価を五桁にのせる」

「てことは……値上げ？」

ストレートに尋ねた篠川に、賀来は力なく頷いた。

「最初に坂西たちが価格設定した時に、ちゃんと計算させるべきだった。僕自身、カジュアルな店の経験がまったくなかったから、若いスタッフに任せたんだけど、やっぱりちゃんと口を出すべきだったたと思う」

「……つまり、玲二の顔出しという付加価値をつけて、値上げするってこと？」

篠川はぐっと椅子《いす》の背に寄りかかると、見ている方の心臓がひやりとするような目つきで、恋人を眺めた。

「……その程度のアイデアしか出ないんなら、経営者なんてやめたら？」

「臣……」

「僕は、レストラン経営のことなんてわからないけどね」

篠川はひんやりとした抑揚のない口調で続ける。本当に怒っている時の方が、篠川は静かな口調になる。彼がマシンガントークをしている時は、まだそれほど怒っていない、定常状態なのだ。

「でも、玲二がものすごく安易な方向に流れていることはわかる。自分が気に入って通っている店が、美形のオーナーが顔出しするのを機に値上げしたとしたら、僕なら二度とそこには行かないけどね」

賀来の表情がすうっと凍る。いつも穏やかな微笑みを浮かべている秀麗な美貌《びぼう》が、すっと表情をなくして、まるで美しい仮面のようになっていく。

「臣、自分が何を言ったか、わかってる？」

「記憶力は悪くないからね」

間髪をいれずに、篠川は言葉を叩《たた》き返す。

「ちょっとがっかりしたかな。玲二はもうちょっと頭がいいと思っていたから」

「僕は臣の嫌いな経営者だからね、自分の店には責任を持たないといけないんだ。店で働

いているスタッフは守らなきゃならないし、もちろん、自分の利益も守らなきゃならない。お客様にも満足していただかないといけない。そのすべてを一気に解決する手段は、そんなにたくさんはないんだよ」

賀来はすっと立ち上がった。この男は、いつでもとても優雅だ。表情をぴたりと凍りつかせていても、その仕草はどこまでもエレガントだ。

「坂西も痩せるくらいにがんばってる。僕も自分にできることがあるならやってあげないといけないいんだよ」

ひくりと篠川のこめかみが引きつった。形のよいアーモンドアイが、怖いくらいにギッと吊《つ》り上《あ》がる。

「じゃあ、勝手にすれば？」

篠川にとって、坂西の名は地雷だ。それを賀来はわかっているはずなのに、あえて踏み抜こうというのか。

「うん、そうする」

すっと背を向けて、賀来は腹が立つくらい柔らかく上品な口調で言う。

「臣には、関係のない話だからね」

「腹立つ……っ」

カフェ＆バー『le cocon』は、かなり流動的な営業をしている。一応、ランチやケーキセットなどを出すカフェタイムと夜のバータイムの営業なのだが、マスターである藤枝脩一《ふじえだしゅういち》の恋人が朝ごはんをここで食べる時には、ついでに『モーニングあります』の看板を外に置いて、モーニングサービスもするし、頼まれれば、バータイムでもちょっとした食事は出してくれたりもする。

「何なんだよ……っ！」

「そんなに怒らないでください」

カウンターの右端の指定席で、いつものように恋人手作りのディナーを食べていた宮津《みやつ》晶《あきら》がびくんっと飛び上がったのを見て、藤枝が穏やかに言った。

「晶、怯《おび》えなくていいから」

「べ、別に怯えてなんか……」

宮津は少し慌てたように答える。

「大丈夫……」

今日のディナーは、めずらしくもパスタだ。藤枝の料理の基本はフレンチなのだが、今日はイタリアンである。ブカティーニのアマトリチャーナは、辛めのトマトソースパスタだ。たっぷり入ったパンチェッタと太めのパスタであるブカティーニのおかげで、食べ応《ごた》えのある一皿である。

「篠川先生、お食事は?」

午後八時の『le cocon』である。まだ少し時間が早いので、客は篠川と宮津だけだ。

「家ですませてきた。お嬢たちにごはんあげなきゃならないし」

篠川は相変わらず不機嫌な顔だ。

「藤枝、何かぐーっと一気できるものが飲みたい。ちびちび飲む気分じゃないから」

「一気はおすすめしませんが」

くすりと笑うと、藤枝はバックバーからバランタインのボトルを抜き出した。そして、カウンター下の冷蔵庫からジンジャーエールとレモンを取り出す。レモンを二つに切ると、ぎゅっと果汁を搾る。藤枝はスクイーザーを使わない。ジュースが濁りやすいからだ。氷を入れたグラスにウイスキーとレモンジュースを注ぎ、ジンジャーエールでそっと満たす。

「お待たせいたしました。マミーテイラーです」

「……ジンバックの亜種?」

ジンバックは、ジンをジンジャーエールで割るものだ。藤枝は微笑んで頷いた。

「これは別名スコッチバック。ジンバックの方は別名マミーズシスター。腹違いの姉妹といった感じでしょうか」

「ふぅん……」

篠川は一気と言ったわりには、妙に優雅な仕草で、ゆっくりとグラスを傾けた。ふうっと深くため息をついて、さらっとした髪を邪魔そうにかき上げる。

「篠川先生」

恋人が作ってくれた晩ごはんを美味しそうに食べ終え、あたたかいラテを満足そうに飲みながら、宮津が言った。

「あの、よけいな差し出口かもしれませんが……」

「じゃあ、黙ってなよ」

「………」

叩き落とすように言う篠川に、藤枝が苦笑している。バゲットを薄くスライスしたものをトースターから取り出し、チョコレートペーストをたっぷりと塗ったものを篠川の前に置き、そして、宮津の前にも置く。

「……あれ？」

そそくさとバゲットを取り、一口かじった宮津が軽く首を傾げる。

「チョコレート……だよね」

「チョコレート塩レモンキャラメルペーストだね」

「何その満艦飾感」

つられたように、篠川もバゲットを口に運ぶ。かりりといい音を立てて、半分ほどをかじった。

「うん……美味しいね。チョコレート、キャラメルは濃厚なのに、しっかりとレモン効いてるし、塩も効いてる」

「フランスのビストロのものです。ご夫婦だけで作っているものなので、なかなか手に入らなくて」

藤枝は穏やかに言うと、もう二枚バゲットを焼いてくれる。

「……わかってるよ。僕の怒りが理不尽だってことくらい」

篠川はふんとそっぽを向きながら言った。バリバリといい音を立てて、バゲットを噛《か》み砕《くだ》く。

「わかってるから、この前みたいに家出していないだろ？　すげぇ腹立つけど、玲二が作っていってくれるごはんも食べてるし、おべんとうも持っていってる」

「一応、オーナーからは、篠川先生がお見えになったら、お食事をお出しするようにとは言いつかっています」

藤枝は柔らかく微笑んで言う。

「でも、ちゃんとオーナーがお作りになったお食事をおとりになっているようですね」

「食べない理由はないからね」

あっさりと言い、篠川はマミーテイラーをぐっと飲む。

「うん……美味しい」

「ありがとうございます」

「あの」

もう一度、宮津が言った。可愛らしいルックスの彼だが、頭の回転は恐ろしく早いし、知的な好奇心もある。やはり、長いつき合いのカップルである賀来と篠川の仲違《なかたが》いに興味はあるらしい。というより、また篠川に『le cocon』に転がり込まれて、藤枝共々、追い出されては敵《かな》わないと思っているのかもしれない。

「どうして、篠川先生はそんなに……賀来さんのことを怒っているんですか？　あの……仲いいですよね……？」

仲がいいというなら、藤枝と宮津の方が、もうベタベタに仲がいいと思うのだが、やはり宮津の目から見て、十三歳からのつき合いで、かつ十年近くも同居している賀来と篠川は、特別に仲がよく見えるのかもしれない。

「賀来さん、先生にごはんも作ってくれているし、おべんとうも……」

「だから、僕の怒りは、玲二にとっては理不尽なんだよ」

篠川は肩をすくめた。

「篠川先生」

藤枝が青いボトルのミネラルウォーターをゆっくりと飲みながら言った。

「オーナーのお考えは理解なさっているのでしょう？」

「賀来さんの考え？」

きょとんと目を見開く宮津に、藤枝はちらりと篠川の方を見てから言った。

「『le vent』の経営が厳しいんだよ。だから、オーナーはてこ入れのために、ご自分で店頭に立つおつもりなんだ」

そうですよね？　と目顔で聞かれて、篠川は渋々頷いた。

「藤枝は、あの店がどんだけ厳しいのか、知ってるの？」

「まぁ……私も同じ雇われですから。ここと店の違いは、店舗の大きさと建坪、スタッフの人件費ですね。ここはこのとおり、住宅街の中の小さな店ですし、スタッフは基本的に私だけです。それに、ここはカフェ＆バーですから、レストランとは、ストックしておく食材、ドリンクの量、ついでに言うと単価も違います。ですから、簡単に比べるわけにはいきませんが……」

「でも、ここと比べても、やばいわけね」

ばっさりと切って捨てる篠川に、藤枝は曖昧《あいまい》に頷く。

「無理に客単価を抑えなくてもいいと思うのですが」

「アラカルトにワイン一杯くらいで粘らせなきゃいいんだよ」

篠川はあっさりと言ってのける。

「そのあたりはスタッフに考えさせればいい。それが店を任されるってことじゃないの？」

「……仰《おっしゃ》るとおりです」

藤枝は苦笑するだけだ。

「しかしまぁ……支配人の坂西くんはまだ若いですし」

「僕はね」

お代わりちょうだいと言って、篠川はグラスに残った氷をからりと鳴らす。

「確かに、彼のことは気に入らないし、大っ嫌いだけど、今回については、玲二の方に腹が立つ」

「賀来さんの方に？」

宮津が大きな目を見開いた。本当に可愛い顔だと思う。もともと可愛らしい雰囲気は持っていたのだが、藤枝と恋人同士になってから、可愛さに拍車がかかった。

〝恋する少年は可愛いね〟

いや、少年という年ではないのだが。

「自分が犠牲になればいいっていう玲二の心根が気に入らないんだ」

手元に届いたマミーテイラーをぐっと飲んで、篠川はふいと視線を外す。

「……自分が倒れたら、どれだけの人間に影響が出て、どれだけの大事になるか。あいつはそれをすっかり忘れてる」

賀来が過労で倒れた時、周囲は大騒ぎになった。何せ、ミシュランの星持ちレストランを複数経営している業界の寵児《ちょうじ》だ。彼がシェフだった頃からのファンも多く、店では連日オーナーは大丈夫なのかと聞かれっぱなしで、スタッフたちがその対応に大わらわだったと聞いている。それに、それぞれの店舗は支配人たちに任せているとはいうものの、やはり決定権は賀来にあるため、その決裁が滞って、大変なことになったのだ。

「……宮津先生」

篠川は視線を戻した。宮津がはいと頷く。

「僕と玲二の仲がいいと言ったね？」

「あ、はい……」

「……仲がいいから、好きだからこそ許せないことも……あるんだよ」

妙に静かな口調で言って、篠川はグラスを重ねる。

夜は、一人の夜はとても長い。


篠川はスクラブを着ない。

正確に言うなら、初療室を手術室にして、ダメージコントロールをする時などは着ることもあるのだが、普通の診療や処置なら、ケーシーか、その上に長白衣を羽織ったままだ。他の医師たちがほとんどスクラブなので、その中で白衣姿の篠川は目立つ。

「お疲れ様です！」

少し患者が落ち着いた午後、センターにでかい声が響き渡った。

「うるさい」

声の方を見もせずに、篠川がぴしゃりと言う。

「ここがどこかわかっていて、その声出すなら、医療従事者やめなよ」

「きっついですねぇ」

うっそりと振り返った篠川の視界に、ちょっとレトロな男前がにょっと入ってきた。

「お疲れ様です。お忙しいですか？」

がっちりとした体つき。きりりとした男前の顔つき。整形外科医の織部宗之《おりべむねゆき》である。

「暇じゃないね」

篠川は不機嫌に答えた。しかし、織部はそんな篠川の表情にもまったく頓着《とんちゃく》せずに、にこにことと嬉しそうだ。

〝こいつ、神経ないのかな〟

篠川は肩をすくめてから、電子カルテの記載に戻った。

さっき、救急搬送されてきた脳出血疑いの患者のものだ。CT検査に回っているうちに、サマリーを書き始めたのである。できることをできるうちにやっておくというのは、センターのセオリーのようなものだ。予約で、ある程度受診者をコントロールできる病院と違って、センターは予測というものがまったく立たない仕事だ。

「織部先生は暇なの？」

ガタイのいい織部にそばにいられると、とにかくうっとうしい。決して華奢《きゃしゃ》な体つきではない篠川だが、元柔道の学生チャンピオンという織部とは比べものにならない。勝ち気で、人に下に見られるのが大嫌いな篠川としては、自分よりも体格的に圧倒的に勝る奴《やつ》に、すぐそばにいられるのはただただ苛《いら》だたしいだけだ。

「暇なら、どっか手伝っておいでよ。今、CTに一人行ってるし、診療ブースにも患者さんいるよ」

「篠川先生をお手伝いしたいです」

「………」

この男前は、篠川に心酔している。何せ、高校時代の篠川を見て、一目惚《ひとめぼ》れしたという御仁である。しかも、学園祭で賀来と熱烈なラブシーンを演じさせられた篠川にである。できることなら、殴りつけた上に、宇宙の果てまで蹴《け》り飛ばしてやりたいのだが、ただでさえ医師の足りない聖生会である。個人的な好き嫌いでどうこうはできない。

「見てわからない？　僕は今、サマリー書いてんの。どう手伝うって……」

「篠川先生」

　そこにすいっと入り込んできたのが、空気をまったく読まないことに関しては、折り紙付きの筧《かけい》である。筧は仕事命のナースだ。仕事のためなら、織部を蹴っ飛ばすくらい何でもない。篠川のすぐそばに立っている織部をくいと軽く押しのけて、筧は篠川に言った。

「北救急からです。駅のホームから転落。四十代男性二名の搬送依頼で、一名が右橈骨《とうこつ》遠位端骨折の疑い、もう一名が前額部切創。どちらも意識清明。清明すぎて困っているようですが」

「何それ」

　篠川はパソコンのキーを叩いていた手を止めた。すうっと顔を上げる。篠川の鋭い視線にまったく動じないのは、センター広しといえども、筧くらいのものである。

「真っ昼間から、お酒が入っているようですね。救急車もできたら一台に乗せたかったらしいのですが、無理ということで、二台に分けるそうです」

「搬送先も分けたら？」

　篠川はクールに言い捨てる。

「昼間でしょ？　一人くらいどっかで受けてくれるんじゃないの？」

「救急隊さんが可哀想《かわいそう》です」

筧は冷静極まりない口調で言ってのける。

「どっかで受け入れできるくらいなら、うちでもいいでしょう？　今、暇ですし、十分くらいで搬送できるとのことなので」

「……わかったよ」

篠川は肩をすくめた。筧の状況判断は、実は自分よりも確かだと思っている。何せ、あの神城《かみしろ》が公私共にパートナーにしている子だ。頭はいいし、気配りも目配りもできる。それに何より、誰からも距離を置かれる、情緒の安定しない篠川を怖がらないところに好感が持てる。

さっと頭を下げて、筧が去っていったところで、篠川はぼけっと突っ立っている男前に声をかけた。

「暇なんでしょ、先生。働いていきなよ」


救急車の出入りは、後部のドアから行われる。救急車後部のドアを開けて、傷病者は車内から院内に搬入される。

「うるせぇ、馬鹿《ばか》野郎っ！」

一台目の救急車の後部ドアが開いた途端、飛び出してきたのは罵声だった。

「あいつはどこ行った！　殺してやる！」

「……ずいぶん元気だね」

片耳を指で塞《ふさ》ぎながら、篠川は凶悪なまでに不機嫌な顔で吐き捨てた。

傷病者はストレッチャーにベルトで固定されて、元気に暴れていた。救急隊員たちもうんざりした顔をしている。

「お世話になります」

「お世話したかないけどね」

ぴしゃりと言って、篠川は傷病者に近づいた。そこにもう一台の救急車も到着する。

「織部先生、あっちはあなたに任せたよ」

「わかりました！」

織部が元気に頷く。うっとうしいし、うるさい男だが、なぜか篠川を崇拝していて、まぁ、手下として使うにはちょうどいい。整形外科医としては、間違いなく優秀でもあるし。

「さてと」

篠川は筧を探し、ちょいちょいと指先で呼んだ。勘のいい彼は、すぐにさっと近づいてくる。

「先生、犬じゃないんですから。そういう呼び方しないでください」

文句を言いつつも、ちゃんと来る。もともとこの搬送を受けたのは筧である。どういう傷病者が来るのかわかっていたはずだ。センターの医師は、井端《いばた》以外全員男性だが、ナースは逆に筧以外、全員女性である。やはり、酒に酔い、気の立った状態で来る傷病者を扱う以上、できるだけ女性には負担をかけたくないと考えていただろう。筧にはそういうところがある。筧自身は小柄だし、武道の心得があるわけでもないが、芯《しん》の部分が『男の子』なのだ。そのあたりが、彼のパートナーである神城とよく似ている。

〝うちのバカも、真ん中が『男の子』なんだよな……〟

ふと、賀来のことを思い出してしまう。

彼もまた、常に『男の子』なのだと思う。どこか青臭い、子供っぽい意地のようなものに従ってしまうところがある。それがプラスに働いている時はいいのだが、たまにマイナス方向に振れてしまうのが困る。

「うちのお嬢たちに、こんな失礼なことはしないよ」

篠川はうそぶく。

「うちのお嬢たちを呼ぶなら、指一本で呼ぶなんていう失礼なことはしない」

「俺はお嬢様たち以下ですか」

と言いつつも、筧も大の愛犬家である。少々嫌味ったらしく一つため息をついてから、近くに置いてあった処置車のガーゼカストを開け、鑷子《せっし》を使って、大判のガーゼを取り出す。

「さてと」

ちらりと篠川を見やる。篠川は顎をしゃくるような仕草を見せた。

「ひどいな」

ぼそりとつぶやいてから、まだストレッチャーの上でわめいている男の顔にひょいとガーゼを貼《は》り付《つ》けた。

「何しやがる！」

「出血してます」

筧は端的に言う。

「このまま、頭の検査に行きますよ」

「そんなのやるかっ」

「やります」

まともに酔っ払いとやり合っている筧に、篠川は吹き出しそうになる。そこにもう一台の救急車から降ろされたストレッチャーが来た。

「あ、まずい」

筧が少し慌てた表情を見せた。そういえば、この二人はケンカになって、駅のホームから転落したのではなかったか。

「先生、患者さんをCTに……」

「この野郎……っ」

筧の声にかぶせるように、怒声が響き渡った。救急隊員が押さえる手をかいくぐって、ストレッチャーから男が飛び降りる。

「何寝てやがる……っ」

「何だとっ！」

篠川の反応は恐ろしく早かった。素早くストッパーを足先で外すと、そのままの勢いで、ストレッチャーを蹴り飛ばしたのだ。

「筧くんっ」

筧の反応も早かった。ものすごい勢いで滑ったストレッチャーに取りついて、一気に初療室から駆け出した。周囲が誰も動けないくらいの早業だった。

「この野郎……っ」

しかし、おさまらないのは、たった今搬送されてきて、ケンカの続きをするためにストレッチャーから飛び降りた男だ。

〝手が折れてんじゃなかったっけ？〟

篠川はさらりと額に落ちた前髪をかき上げた。

「あのね、僕はあなたとケンカするつもりはないし、ついでに言うなら、彼とケンカさせるつもりもないよ」

「篠川先生」

男がストレッチャーから飛び降りたあおりを食らって、床に倒れ込んだ救急隊員を助け起こしていた織部が少し慌てたように言う。

「だめです」

「わかったら、さっさとそこに座って。織部先生、診察は任せたよ」

「この……」

篠川の高飛車な口調はいつものことなのだが、これは神経が昂《たか》ぶっている者にとっては、カチンと来るもの以外の何物でもない。

「この野郎……っ！」

すいと背を向けようとした篠川の腕を男がつかむ。

「女みてぇな顔しやがって……っ」

酒の力は恐ろしい。どう見ても折れているとしか思えない腫《は》れ上《あ》がった手で、篠川の腕をつかんだ男は、もう片方の手で拳《こぶし》を作り、振り上げていた。

〝殴られる……っ〟

ケンカっ早く、ケンカの場数も踏んでいる篠川だが、さすがに医師になってからは殴り合いなどしていないし、当然のことながら、武道の心得もない。さらに言えば、明らかに骨折している患者を殴ることなどできるはずもない。

〝医者だって、顔は商売道具なんだけどなぁ……〟

覚悟を決めた時だった。

「先生……っ」

よく響く低音と共に、頬にシュッと冷たい風が触れた。と、唐突に腕をつかんでいた手が離れ、篠川は勢い余って、前のめりに膝《ひざ》をついてしまう。

「篠川先生……っ」

駆け寄ってきて、助け起こしてくれたのは、宮津だった。

「大丈夫ですか……っ」

「僕は大丈夫だよ……」

ふうっと息を吐いて、肩に入っていた力を何とか抜こうとする。

〝……情けないな〟

ガタガタと震えない自分を褒めてやりたいと思ってしまった。

医師になってから、他人から剥き出しの悪意や暴力を受けたことはない。生意気な性格や物言いは、学生時代からまったく変わっていないのだが、変わったとしたら、それは篠川の持つ肩書、立場だ。ただの生意気な子供から、専門教育を受け、国家試験を通り、医師となった。研修を終えて、すぐに臨床に出た篠川は『先生』と呼ばれる立場になり、やがて若くして『センター長』となった。

〝まったく……〟

「いてぇ……いてぇよぅ……っ！」

だんだん酔いが醒《さ》めてきたのだろう。男が床にうずくまって、うめき始めた。

「当たり前です」

男の骨折していない方の腕をつかんだ織部が呆《あき》れたように言った。うまく関節を決めているのか、男は完全に戦意を喪失して、すっかりおとなしくなっている。

「誰か、シーネをください。それととりあえずハイスパンを」

篠川に殴りかかった男を一瞬にして取り押さえた織部は、息の一つも乱さずに、落ち着いた口調で言った。

「あ、はいはいはいっ！」

呆然《ぼうぜん》としていたナースたちが慌てて動き始めた。南《みなみ》が副え木と包帯を持って、小走りに織部に近づく。織部は、すっかりしゅんとしてしまった男の右手をそっと取ると、シーネを当てて、すばやく包帯固定をした。

「たぶん折れてます。今暴れたから、たぶん骨折はひどくなっていますよ」

織部は男に言い聞かせる。

「レントゲンを撮って確認します。もう暴れたりしてはいけません。痛い思いをするのはあなた自身です」

「………」

男がおとなしく頷いた。よほど痛かったらしい。

「レントゲン室に」

「あ、俺が行きます」

宮津が手を上げた。南が車椅子を持ってきて、急にしぼんだ風船のようになってしまった男を乗せて、レントゲン室に連れていく。宮津がついていって、初療室はようやく静かになった。

「篠川先生」

軽くテーブルに寄りかかるようにして立ち、まだ波立っている呼吸を整えていた篠川は、すぐそばに立った長身の男前をちらりと見た。

「何？」

お礼を言った方がいいんだろうなとは思ったが、そこまで人間が素直にできていたら、賀来と冷戦状態になったりはしない。きろりと鋭さを取り戻しつつある視線で見上げる。

「おわかりとは思いますが」

「わかってると思うなら言わない」

「先生」

さすがに織部が苦笑している。

「正当防衛ですよ。先生なら、今の患者、制圧できたでしょう？」

「できるわけない」

篠川は煙草《たばこ》が吸いたいと思いながら、両手を白衣のポケットに突っ込んだ。

「僕は君とか森住《もりずみ》先生みたいな武道の達人じゃないの。青白きインテリなんだから」

「とっさにストレッチャー蹴り飛ばして、患者同士を引き離した人が何を言っているんですか」

織部が少し呆れたような口調で言った。

「それに、神城先生が仰ってました。篠川先生は俺よりケンカは強いって」

〝あの人とは、一回きっちり話をつけなきゃならないようだな……っ〟

「そんなの学生の頃の話だし、第一、僕は暴力で勝ったことはないよ。僕の場合、逃げるが勝ちってやつ。逃げ足が速いんだ」

そう言い捨てて、篠川はすいと身体を起こした。

「……でも、お礼は言っとく。君のおかげで、商売道具の顔に傷がつかなくてすんだからね」

「礼を言われたような気がしませんが」

少し笑ってから、織部はすっと表情を引き締めた。いつもうるさいだけの男の顔が、一瞬、武道家らしい堅さを見せる。

「でも、先生、あそこでは殴らせるのではなく、とっとと制圧して捕まえ、鎮静処置をすべきだったと思います。その方が患者さんに無駄なけがをさせずにすみます」

「織部先生……」

「先生なら、蹴りの一つも入れて、転ばせるくらいのことはできたでしょう？　先生、たぶん、殴るより蹴りの方が得意ですよね」

人が下手に出ていると思って。

篠川はきっと柳眉《りゅうび》を逆立てる。

「……そうだね。君にも蹴りを入れた方がいいような気がしてきた」

きろりとにらまれて、織部がたはっと笑った。篠川が今までよりも少しだけ、ほんの少しだけだが軟化してきたことがわかったらしい。

〝この人、もしかして、ただの筋肉バカじゃないのかな……〟

今まで、篠川は織部のことを単純な人間だと思ってきた。よく言えばまっすぐ。悪く言えば、深みのない単細胞だ。しかし。

〝ちゃんと……いろいろなものが見える人……なのかも〟

「患者さん、戻ってきたね」

篠川はポケットから手を出すと、軽く自分の頰をその両手ではたいて、気合を入れ直した。

　もう大丈夫。手の震えも足の震えもない。もう、いつもの篠川臣だ。

「さてと、酔いも醒めているようだし。酔ったままだったら、無麻酔でナート（縫合）してやろうと思ったんだけど、そうもいかないかな」

　筧がストレッチャーを押して、戻ってくるのが見えた。頭部のＣＴ撮影は終わったらしい。

「織部先生、あっちの馬鹿野郎は任せたよ。僕はこっちの馬鹿を何とかするから」

　すいと離れていこうとした篠川の背中に、織部がそっと声をかけてきた。

「篠川先生」

「何？」

　振り向きもせずに答える。

「あの……今日日勤終わった後に、久しぶりにメシ行きませんか？」

　篠川はゆっくりと振り返る。めずらしくも、まっすぐにこちらを見ている織部と視線が合った。ぴしゃりと断ってやろうと口を開きかけて、ふと思い直す。

〝……ま、いいか〟

　たぶん、今夜も賀来が作り置いてくれた食事をあたためて、可愛いお嬢たちと食べることになるのだろう。テーブルの向こうには、誰の姿もない。

〝一人のごはんは……嫌いだ〟

一人の食卓は、あの寂しい十年間を思い出してしまうから。賀来が戻ってきてくれるまでの哀《かな》しい十年間が蘇《よみがえ》ってしまうから。

「……いいよ」

篠川はすいと視線を外しながら答える。

「うちのお嬢たちにごはんあげてからでよければ」

「はい……っ」

そういえば、こいつの目は、うちのお嬢たち以上にわんこだなと思いながら、篠川は軽く手を振ると、その場を離れたのだった。


ガラスを多用した建物は、少し離れたところからでも十分に目立つ。あたたかいオレンジ系の照明がガラス越しに輝き、豊かな緑を降りこぼす植栽を照らし出す。

篠川は軽いため息をついて、乱れてもいない前髪を直すふりをした。

〝間の悪さは天才的だね……〟

「ここ、少し前まではなかなか予約取れなかったんですけど、この頃は取れるようになったって」

隣を歩く織部が嬉しそうに言った。

「今日もだめかなと思いながら、ネットで予約入れてみたら取れたんで」

「へぇ……そうなんだ」

我ながら棒読みだなと思いながら、篠川は重くなりそうな足を前に進める。

大きな木製の自動ドアをくぐると、店内はどこか可愛らしい雰囲気だった。たっぷりと花が飾られ、少しくすんだピンクとアイボリーホワイトで統一された、どちらかというと、女性向きかなと思われる内装だ。

「いらっしゃいませ」

迎えてくれたのは、少し前の坂西を思わせるちょっと可愛い系のイケメンギャルソンだった。

「ご予約でいらっしゃいますか」

〝ご予約の「お客様」だよ〟

思わず心の中で突っ込んでしまう篠川だ。

〝社員教育がなってないぞ、玲二〟

「はい。織部です」

「織部さま。二名様でご予約でございますね」

「はいっ」

「ご案内いたします」

ギャルソンに導かれて、織部と篠川は席に向かう。店内は、やはり女性が圧倒的に多い。というか、男性の二人連れなんて、自分たちだけだ。

「こちらのお席でございます」

テーブルは思ったよりも広かったが、席と席の間が、他の店に比べて詰まっている感じを受けた。もしかしたら、客の数を稼ぐために、ややテーブル数を多くしているのかもしれない。

「いらっしゃいませ」

壁に近い席だったのはありがたかった。これが窓に近かったりすると、外からもほぼ丸見えなのである。

〝玲二、趣味悪いぞ〟

席について、ふうっと息をついたところで、ワインリストを持って現れたのは。

〝出た〟

「いらっしゃいませ、篠川先生」

長いまっすぐな髪をオールバックにして、細いリボンで結んだイケメン支配人がいきなり登場だ。坂西燎である。

「ご予約のお名前が違っていたので、気づきませんでした」

「今日は、こちらの織部先生のご招待だからね」

篠川は素っ気なく答える。

「僕はゲスト。オーダーは織部先生におまかせするよ」

抑揚のない口調で言い捨て、ふいと視線を外した篠川に、坂西はちらりと……一瞬ちらりと笑った気がした。

「何？」

篠川は目敏《めざと》い。視線を外したって、視野が広いのだ。患者の一瞬の急変も見逃さない救命救急医である。他人の唇の角度が一度違ったたってわかる。

「いえ」

坂西がワインリストを織部に差し出しながら、しらっとした口調で言った。

「実は、当店のオーナーである賀来が来店中です。ご挨拶《あいさつ》に伺ってもよろしいでしょうか」

篠川のアーモンドアイがきっと一瞬にして吊り上がった。向かいに座っている織部が、ワインリストに集中していたのは幸いだった。恋する男にはちょっと見せられない物騒な目つきだ。

「……好きにすれば」

低い声で篠川が応じる。

「織部先生、ワインはグラスにしない？　ちょっとボトルで飲む気分じゃないし、この後、もう一軒行きたいし」

「あ、はいっ！」

織部がぱっと顔を輝かせる。すでに篠川は能面のような淡々とした表情に戻っていた。

「じゃあ、ハウスワインのロゼをグラスで。料理は予約の時にオーダーしたとおりで」

「ディナーのAコースでございますね。かしこまりました」

坂西は軽く会釈すると、織部からワインリストを受け取って、下がっていった。

「……イケメンのギャルソンですねぇ」

織部がその背中を見送って、感心したように言った。

「ここに案内してくれたギャルソンもイケメンだったし」

「今の彼は、ここの支配人だよ」

篠川は平坦《へいたん》な口調で言う。

「クソ小生意気な若造だよね」

「はは……」

篠川の口が悪いのは、今に始まったことではない。織部も馴《な》らされてきたらしく、ただ力なく笑うだけだ。

「女性ばかりなのが気になりますが……でも、この店、美味しいって評判だったので……って、先生、このお店いらしたことあるんですか？」

「さっき言ってたでしょ」

篠川は少し暑そうに、羽織っていたジャケットを脱いだ。中はリネンのスタンドカラーシャツだ。いくら九月と言っても、やはり長袖《ながそで》だと、まだ暑い日もある。きっちりと止めていたボタンを一つ外して、ふうっと軽くため息をついた。

「ここは賀来玲二の店だよ」

「え」

賀来と篠川が同居していることは、病院のスタッフならみんな知っていることだ。賀来が体調を崩して、救急搬送されてきた時、篠川が付き添ってきたことで、二人の同居がバレたのである。もちろん、篠川の大ファンである織部も知っているはずだ。

「……マジですか……」

「君が知らなかったことの方が驚きだね」

篠川は淡々と言う。

「まぁ、でも、彼らしくない店ではあるよね。それは認めるよ」

「篠川先生に認めていただけるとは光栄ですね」

絹のように滑らかな声がした。音も立てずに、すうっと滑るようにテーブルに近づいてきたのは、今日もきっちりと高価なスーツを着込んだ美丈夫だった。少しウェーブのかかった深い栗色の髪と同じく深い栗色の瞳《ひとみ》。端麗に整った白皙《はくせき》。どこまでも優雅な佇《たたず》まいは、ここ数日きちんと姿を見かけていないパートナーだった。

「らしくないっていうのが光栄なの？」

頰が引きつらないよう気をつけながら、篠川はほぼ全開の笑みを見せる。

「褒めたつもりはないんだけどな」

「私は褒めていただいたと解釈していますが」

にっこり。賀来も笑顔である。こちらも全開の営業スマイルだ。

「篠川先生、ご予約は先生のお名前ではなかったようですが、こちらは？」

「言わなきゃならないの？」

にこにこ。

もしも、ここに宮津か森住がいたら、恐らく震え上がって逃げ出していただろう。この世でいちばん恐ろしいものは篠川臣の全開の笑顔だ。しかも、目が全然笑っていない。剣《けん》呑《のん》な目つきと口調のまま、口元と頰のあたりだけが笑っているのだ。はっきり言って、相当不気味だし、怖い。しかし、知らないとは恐ろしいもので、篠川のプライベートの顔を見たことのない織部は、初めて見る篠川の笑顔を嬉しそうに眺めている。

「あ、俺は織部宗之と言います。聖生会中央病院の整形外科の医者です」

「ああ……」

賀来がなるほどと頷いている。

「お噂《うわさ》はかねがね。篠川先生の大ファンだとか」

「あ、はは……どこから聞いた噂でしょう」

こりこりとこめかみのあたりを掻《か》いている織部をさらりと無視して、篠川はつけつけと言った。

「この店は、オーナーのよけいなおしゃべりで時間稼ぎするの？　僕、そろそろお腹《なか》が空いているんだけど」

賀来を無視して、篠川は彼の後ろに控えている坂西に、きつい視線を飛ばした。しかし、相変わらず口元だけは微笑んでいる。これはもう、篠川の意地のようなものだ。何としても、賀来には笑顔を見せてやる。おまえなんかいなくたって、僕はちゃんとごはんだって食べられるし、仕事だってできる。ちゃんと……上手《うま》くやっていける。

「これは大変に失礼いたしました」

坂西が、まるで賀来を真似《まね》たような滑らかな声で言う。

「ただいま、お料理をお持ちいたします。すみません」

「……申し訳ありません」

篠川が抑揚のない口調で言った。笑顔を作るのも疲れた。もういいか。デフォルトの仏頂面にスイッチする。

「僕も若い医者とかナースによく注意するんだけどね。詫《わ》びる時は『すみません』じゃなくて『申し訳ありません』。サービス業なら、ちゃんと気をつけた方がいいよ。君、オーナーの何を見てきたの？　賀来玲二なら、そんな間違いはしないはずだけどね」

「お……篠川先生」

うっかり『臣』と名前を呼びかけて、賀来は慌てたように言い直す。

「申し訳ありません。教育が行き届いておりませんでした」

「支配人なんでしょ。支配人は教育される方じゃなくて、する方だと思ってたけど？」

これが篠川の本性だ。篠川には確固たる信念がある。こうあるべきという理想のようなものをきちんと自分の中に持っている。だから、そこから外れるものが許せない。狭量だとは思うが、これればかりはどうにもならない。坂西は、その理想から外れている。敵ながらあっぱれと認めるレベルに達していない。そんな奴が、賀来の隣にいると思うと、二重三重に腹が立つというものだ。

「………」

「ご指摘ありがとうございます」

何も言えなくなってしまった坂西に軽く頷いてから、賀来が見とれるほどに美しい微笑みで、篠川の視線をぐいと引き寄せる。

「それでは、すぐにお飲み物とアントレをお持ちいたします」

「あの鴨肉《かもにく》のソテー、美味しかったですねぇ……っ」

織部が嬉しそうに言う。

「俺、鴨肉なんて初めて食べましたけど、もっと臭みっていうか……そういうのがあると思ってました」

「賀来玲二の店に限って、そんなことあるもんか」

篠川はばっさりと切って捨てる。

「いくらお手頃価格だからって、手なんか抜かないよ。あれは……そういう男なんだ」

確かに、賀来の他の店に比べると、メニューの数は少ないし、量も少し調整しているなとは思ったが、さすがに味は妥協していなかった。アントレ二品、サラダ、スープ、メイン一品、パン、デザート、コーヒーまでついて、五千円はお得だろう。賀来の他の店なら、アントレがだいたい四品から五品、サラダ、スープ、メインが肉と魚、それにデザートが三品くらい、あとはコーヒーだ。これで、ものによっては六桁いくこともあるのだから、五千円は大変にお得である。

〝まぁ、お得すぎて、玲二が引っ張り出される羽目になっているんだけど〟

しかし、本当に腹が立つ。織部が鴨肉の話などするから、あの味を思い出すと同時に、またじんわりと怒りがわいてきた。

〝あのガキ……っ〟

賀来の真似をした優雅な口調が本当に腹立たしい。あれは、賀来の天性の上品さもあるが、やはり、パリやこの東京で厳しい客たちに揉《も》まれてきた中で培われた経験によって磨かれたものなのである。付け焼き刃で真似ようとする坂西に、本当に腹が立つ。

〝玲二の苦労も知らないくせに……っ〟

賀来が下積みの苦労などみじんも見せないので、若手のスタッフの中には、賀来があっさりと成功をつかんだと思っている者もいるようだが、そんなことは決してない。確かに彼は、名門エリート校の出身だし、T大理Ⅲに合格してはいるが、学歴的には高卒なのだ。そのままパリで料理の道に入り、ひたすらじゃがいもを剝いていた時代も経験しているし、食うや食わずの頃もあったのだという。そんな賀来の上っ面だけを撫でるような坂西の模倣が、心から許せない篠川だ。

「ここ、素敵なバーですね」

織部が店内を見回しながら言った。

「話には聞いてましたけど……すごくシックで上品な感じ。俺一人じゃ、絶対に来られないところです」

店の名は『le cocon』。『繭』という名を持つ店は、カウンターのみの静かなバーで、バーテンダーの藤枝脩一が一人で切り回している。

「それほどのものではありませんよ」

少し緊張した面持ちの織部に、藤枝が柔らかな口調で言う。

「ここは、お客様に心からくつろいでいただくための場所です。お一人でも、ご友人とでも……恋人とでも、いつでもお越しください」

「いや、恋人となんて……」

照れて耳まで赤くなっている織部の前に、藤枝がすっとグラスを置いた。

「お待たせいたしました。ジン・フィズでございます」

「あ、ありがとうございます……っ」

篠川は織部を伴って『le cocon』を訪れていた。いつもなら、カウンターのいちばん奥に案内されるところだが、今日はカウンター真ん中あたりの席だ。藤枝はいつもどおりの穏やかな笑みを浮かべているが、そうはいかなかったのが、いつものようにカウンター右端で、晩ごはんを食べていた宮津である。ただでさえ大きな目をさらに大きく見開いて、ぴたりと凍りついたように、身体の動きを止めてしまっていた。手にしていたフォークの動きもぴったり止まって、まるでストップモーションだ。

「晶」

藤枝の密《ひそ》やかな声。

「固まっていないで、食事をしてください。冷めてしまいますよ」

「あ、うん……」

宮津は慌てたように、食事を再開する。今日のメニューは、ごはんと盛り合わせ、ワンプレートにしたビーフストロガノフだ。たっぷりと入ったマッシュルームが、切り落としとは思えないほど厚みのある牛肉の肉汁を吸い込んで、すごく美味しそうだ。バターのいい香りもしている。

「篠川先生、お待たせいたしました」

「サンキュ」

篠川の前に置かれたのは、足のついた小さなグラスだ。かなり強い香りが立っている。

「キルホーマン　マキヤーベイでございます」

篠川の好きなアイラモルトのウイスキーと共に、チェイサーが供される。篠川はウイスキーならストレートだ。いいウイスキーは割るものじゃないと思っている。常温の水で倍に割るトゥワイスアップの方が香りが立つというのだが、篠川はストレート一辺倒である。

「宮津先生」

篠川は宮津の方を見遣《みや》りもせずに、ぴしゃりと言う。

「いくら見ても玲二はいないし、来ないよ」

「え……玲二って……」

隣の織部が、篠川を見る。

「あ、そ、そういえば、先生は……」

言いかけた織部を、めずらしく藤枝が遮った。

「ここは賀来玲二の店ですので。オーナーがいらっしゃることもあるんですよ」

「え、ここも賀来さんのお店なんですか?」

織部が目を丸くする。

「すごいなぁ……。俺たち、今、賀来さんのお店から来たんですよ。ご本人にも会いました」

「オーナーが今日いらっしゃるなら『le vent』ですね。あそこのお食事は美味しかったでしょう?」

「ええ! すごく!」

藤枝が織部の相手をしてくれているので、篠川は無言のまま、グラスを傾けることに専念できるのがありがたい。

もともと口数が多い方ではない。賀来と一緒にいても、ずっと何かを話し続けているようなことはない。むしろ同じ空間にいても、全然別のことをしている方が多い。

篠川は賀来がせっせと料理しているキッチンのテーブルに座り、本を読んだり、パソコンで調べ物をしたりしているのがいちばん好きだ。彼が自分のために何かをしてくれているのを見ながら、自分の世界に浸るのが好きだ。

彼がいてくれる。手を伸ばせば届くところにいてくれる。

〝それだけで……よかったはずなのにな〟

彼が戻ってきて、すでに十年近い。もう、彼がいなかった十年と同じくらいの時が流れて、そのことに少しだけ慣れてしまったのかもしれない。そして、たぶん……。

〝玲二も……そうだ〟

二人は慣れてしまったのだ。二人でいることに。

〝もしかして、これが倦怠期《けんたいき》って……言うのか？〟

香り高いアイラウイスキー。その強すぎる個性を喉に送りながら、篠川は思考の迷宮に踏み込んでいた。


九月の夜は悩ましいまでにあたたかい。日が落ちてしまえば、暑くなるようなことはないが、昼間たっぷりとあたためられた空気がふわりと舞い上がり、藤枝に見送られてバーを出た篠川の頬を撫でた。

「……先生」

ジャケットを腕にかけ、ふんわりと霞《かす》んだ月を見上げた。

「雨が降るのかな……」

低くつぶやき、歩き出そうとした篠川の肩に、織部がそっと手をかける。

「篠川先生」

「何？」

篠川はゆっくりと振り返る。目の前に立っていたのは、ひどく真面目《まじめ》な顔をした織部だ。もともと彼は生真面目な表情をしていることが多いのだが、今の彼は何か思い詰めたような顔をしていた。

「どうしたの？　お腹でも痛い？」

「あの」

『le cocon』は特別な照明などない、ひっそりとした隠れ家的な店である。大きなドアを閉めてしまうと、明かりと言えば、ふわりとしたほのかな月明かりと、白亜の美術館をライトアップする薄青のライトくらいのものだ。その柔らかな光の中で、篠川は織部を見つめる。

「……先生が俺のことを何とも思ってないことくらい、わかってます」

「いや、むしろうっとうしい」

素っ気ない口調で言う篠川に、織部はそれでも食い下がる。

「でも……俺、やっぱり先生のことが……好きです。ずっとずっと先生を見てきて……やっぱり好きだなって思うんです……っ」

「もの好きだね」

篠川は言い捨てる。

「性格の悪さには自信がある。ルックスだって、このとおりだよ。いったい、僕のどこがいいわけ？」

「先生は……知れば知るほど、好きになれる人です」

織部は必死の顔で言葉を紡ぐ。

「先生の芯の部分は、ずっと変わっていない。真摯《しんし》で一途《いちず》で……信じるものに対して、とても誠実な方だと思います。俺は……そんな先生がとても……好きです」

篠川は少し驚いていた。

〝僕のこと……そんな風に思っていたのか……？〟

彼とのつき合いは長くないし、時間的にも長時間一緒にいるようなことはない。もともと織部は病院の方の医師で、篠川はセンターの所属だ。織部が篠川を慕うあまりに、センターにしょっちゅう顔を出しているから「ああ、いるな」程度に意識するだけで、彼が自分をどう思っているのかなど、あまり考えたことがなかったのだ。

「買いかぶりすぎだよ」

篠川はさらりと流してしまう。

「僕は超自分勝手だし、しょっちゅう気も変わるし、君も知ってのとおり、罵詈《ばり》雑言も吐く。君は、たぶん自分の理想を僕に投影しているだけじゃないのかな」

「そんなことはありません！」

織部は大きく首を横に振る。

「俺はちゃんと先生を……っ」

ふいに引き寄せられ、篠川は織部に抱きしめられていた。

「俺、やっぱり先生が……っ」

熱い身体に抱きしめられて、篠川は一瞬息を止める。

「やっぱり先生が……好きなんです」

耳元に届く切ない告白。篠川は無言のまま、その声を聞く。

〝何で、僕なんかが好きなんだ？　こいつは……〟

軽くため息をついて、織部の腕から抜け出そうとして、ふと、篠川はその動きを止める。

〝こいつは……何で、こんなにまっすぐでいられるんだろう……〟

こんな風に「好き」という気持ちを素直に表すことができたなら。

〝もしかしたら……玲二とケンカなんか……〟

篠川はすっと手を上げた。織部の広い背中にそっと腕を回し、優しく、柔らかく抱きしめる。

「先生……」

戸惑う織部の声を聞いても、篠川は何も言わない。言葉が見つからないからだ。何を言えばいいのかわからない。自分が今、何を、誰を思っているかがわからない。

〝こんな風に……玲二を抱きしめることができたら……〟

淡い月明かりの中で、篠川は自分を強く抱く人を抱きしめる。

そっと優しく、その人を。


「篠川先生、救急隊から受け入れ要請です」

電話を保留にしたナースの片岡《かたおか》が振り返った。

「五十代男性、自宅で気分不快、激しい頭痛を訴えた後、意識消失。接触時はJCS（ジャパンコーマスケール）Ⅲ－300。左右瞳孔《どうこう》3㎜、対抗反射なし。右不全麻痺《まひ》あり」

「SAH（くも膜下出血）かな」

篠川は落ち着いた口調で言った。

「宮津先生、診てもらえる？」

「は、はい！」

初療室の電子カルテを見ていた宮津が、ぴょこんと飛び上がる。

「わ、わかりました！」

「でかい声出さない。聞こえるよ」

篠川は片岡に頷いた。

「OKだよ。とっとと運んでこいって言って」

「はい」

片岡が受け入れの返答をしていると、センターのドアが開いた。病院との間にある二重ドアだ。

「お疲れ様です」

いつものように、大股《おおまた》で初療室に向かってくるのは、織部である。

「お、お疲れ様です」

宮津が応じる。

「あ、そっか。今日の夜勤の応援、織部先生でしたっけ……」

「お疲れ様」

ビューワーに向かい、レントゲン室から飛んでくる画像を見ていた篠川が軽くひらりと手を振った。

「今、救急車が入ってくる。脳血管障害みたいだから、宮津先生メインで診る。君も手が空いてたら、よろしく」

「はい」

「おい、宮津先生」

医局から出てきた神城尊《たける》が、軽く宮津の袖を引く。

「何か、織部先生、おとなしくね？」

「は、はぁ……」

宮津は視線だけを篠川と織部に向けたまま、すすすと移動して、神城を初療室の隅っこに連れていく。

「……それもそうなんですけど、篠川先生も……おかしくないですか？」

「篠川先生？」

二人は篠川と織部をじっと見つめる。二人は一メートルほどの距離を置いて立っていた。篠川は相変わらずビューワーで画像を検討し、織部は少し離れて、その篠川の横顔を見ている。

「いつもなら……あんな間近でじっと見られてたら、とっくにうざいって怒ってるところじゃないですか？」

「ああ、確かに。何か、空気がいつもと違うよな……」

神城と宮津は、こそこそと言葉を交わす。

「そういえば、この前『le cocon』に、篠川先生、織部先生をお連れになったんです」

「え」

一瞬、神城が固まる。

「それって……」

宮津がこくりと頷く。

『le cocon』は普通のバーだから、誰を連れていってても構わないのだが、なぜか、仲間内では大切なパートナーだけと語らう場所になっている。やはり『繭』という名前のせいだろうか。パートナー以外の人間を連れていく場所ではないという暗黙の了解のようなものがあるのだ。

「篠川先生は……賀来さん以外とお見えになったことがほとんどないので。店に来てから、顔見知りの方と話すことはあっても、最初から誰かを伴ってくることは、今までなかったそうなんです」

「藤枝が言っていたのか？」

神城に問われて、宮津は頷いた。

「そういう意味では、賀来さんよりも篠川先生の方が堅いというか……」

「ああ、そういう感じだ」

神城が軽く首を傾げる。

「何かあったかな……」

「そういえば、織部先生も……何か、違いますよね」

宮津は大きな目で、そっと織部をうかがう。

「おとなしいって言うか……」

宮津が言った時、救急車のサイレンが聞こえ始めた。

「早いですね」

センター内の空気がきゅっと引き締まる。スタッフはみな、一瞬動きを止めて、耳を澄ます。

「……宮津先生」

篠川の凜《りん》と通る声。いつものように、すっと背筋の伸びた姿勢のいい立ち姿。澄んだ空気をまとって、彼は搬入口を注視する。

「頼むよ」

サイレンが止まった。間もなく、救急車が滑り込んでくる。

初療室の片隅にひっそりとあるドアを開けて、篠川はそっと外に出た。このドアを開けると、すぐに見えるのはブルーのロゴも凜々《りり》しいドクターヘリだ。そのヘリを特等席で眺められる場所に、可愛らしいベンチが置いてある。そこにすとんと座ると、篠川はポケットから煙草のパッケージを取り出した。一本引き出してくわえる。

煙草に火は点《つ》けない。というより、点けられない。院内では、基本的に喫煙できる場所はないので、ライターを持ち歩かないようにしたからだ。

「どうしたの？」

篠川は煙草をくわえたままで言った。

「何か用？」

センターを一歩出た篠川は、どこか物憂げな様子になっていた。もともとパワーのあるタイプではない。仕事から離れると、腕を持ち上げることすらめんどくさくなる。

「……俺、ずっと考えてたんですけど」

そっとすぐそばに立ったのは、やはり織部だった。

彼と出かけてから、一週間ほどが過ぎていた。相変わらず、賀来とは顔を合わせることもない。間を取り持とうと、いつも以上にお利口なお嬢たちが健気《けなげ》である。そろそろ仲直りをしなければと思ってはいるのだが、年だけはとってしまっている二人だ。なかなかその糸口を見つけることができない。

「何を？」

篠川は煙草をすっと唇から抜いた。

「先生が……一週間前の夜、抱きしめてくれたのは……俺じゃないですよね」

織部が少し苦しそうな口調で言った。

「俺、先生に抱きしめてもらって……すごく嬉しかった」

いつもはうっとうしいくらいにテンションが高い織部が、ゆっくりと話している。

「すごく嬉しかったけど……でも、何か、わかっちゃったんです。ああ、今、先生は誰か他の人のことを考えていて……その人を抱きしめているんだって」

「織部先生……」

篠川はきょとんとして、織部を見上げていた。

「君、何を……」

「でも、嬉しかったです。先生が誰を好きでも……俺はやっぱり、先生が好きです。強くて、かっこよくて、凜々しい先生が好きです」

織部は少し哀しそうに笑っていた。今まで、どこか少年の趣のあった一途な表情に、大人の男らしい憂いが見える。

篠川ははっとして、目をぱちぱちと瞬《まばた》いた。思わず、織部の顔をまじまじと見つめ、そして、何とも言えない表情で軽く首を横に振った。

〝僕は……君を傷つけてしまった。こんなにまっすぐで……素朴で、優しい君を。僕はとてつもなくひどいことをして、君を傷つけたのに……君はそれでも、心を寄せてくれるんだね……〟

篠川はベンチに軽く手をつくと、ゆっくりと立ち上がった。織部に一歩近づくと、すっと手を上げた。その手を伸ばし、彼の肩に腕を回す。一瞬だけ、きゅっと力を入れて抱きしめると、すぐにその腕を解いた。

「今は……ちゃんと織部先生を抱きしめたよ」

そう言うと、篠川は立ち尽くす織部の横をすっと通り過ぎた。

「でも、もう僕のことは好きでなくていい。君のことだけをまっすぐに愛してくれる人を選びなさい」

「先生……っ」

「ありがとう、織部先生」

篠川は振り向かないままに言った。

「……ごめんね」

「いらっしゃいませ」

大きな扉を開けると、いつもの声が迎えてくれる。顔を上げて、店内を見回した篠川は、軽く息を吐くと、店の奥に進んだ。

「……アイラ、何がある？」

カウンターのいちばん左端、いつもの席に、見慣れたスーツ姿があった。彼の隣に、篠川はすっと座る。

「そうですね……オクトモア　スコティッシュバーレイはいかがでしょう」

「ブルイックラディだね」

篠川は渡されたあたたかいおしぼりで軽く手を拭《ふ》く。『le cocon』のおしぼりは、いつもラベンダーのいい香りがする。

「それをもらおうかな」

「かしこまりました」

隣に座る賀来から、懐かしいトワレの香り。厨房《ちゅうぼう》に足を踏み入れることもある彼は、強いトワレをつけることはないが、たまに微《かす》かに香らせていることがある。柔らかくて甘い花の香りだ。

「……おべんとう」

篠川はぽつりと言った。

「毎日、サンキュ」

「どういたしまして」

賀来が優しい口調で答える。

「臣のおべんとうは、僕の生きがいだから」

「お待たせいたしました」

美しいグラスがコトリと置かれた。ふわっと漂う強いピート臭。ダメな人はダメだという強い個性のアイラウイスキーが、篠川は大好きだ。口に含むと、スパイシーでスモーキーなオクトモア独特の味わい。少し口の中で転がした後、ゆっくりと喉に送ると、ふわりと後味はキャラメルかバニラのような甘さだ。

賀来の前にあるグラスは、いつものアメリカン・フィズ。

何も変わらない。穏やかで優しい時間。微妙にずれて、どうしても上手くはまらなかったパズルのピースがぴたりと嚙み合う感覚。

「……今週の日曜日、めずらしく休みなんだけど」

篠川はぶっきらぼうに言った。頷いた賀来がにこりと笑った。こちらに顔を向け、篠川をのぞき込むような仕草を見せる。

「じゃあ、久しぶりにお姫さまたちとドッグカフェに行こうか。ずっと暑くて行ってなかったから」

「いいな」

「ついでにコートも見に行こうか。新しい生地が入ってきてるみたいだし」

「お嬢たちのコート、また新調するのか？」

「当たり前でしょ。毎年、流行のデザインがあるんだから」

今日のおつまみは、生チョコレートだ。北海道《ほっかいどう》のメーカーが作っているアイラウイスキーの生チョコレート。

「これ、ポートシャーロットだっけ」

篠川の問いに、藤枝が頷く。

「オクトモアと同じブルイックラディ蒸留所のものですね。こちらは滑らかな感じが強いです」

「だね」

カウンターの下で、そっと手を伸ばすと、賀来の手入れの行き届いた指先が触れた。もともと料理人だった彼の手は、優雅とはほど遠い。指は長いが、かなりがっちりとしている。しかし、その肌はすべすべと柔らかく、しなやかだ。軽く指を絡ませると、彼がくすっと笑った。

「臣」

「何だよ」

「……大好き」

こそりと囁《ささや》いてくる。その言葉は篠川以外には聞きとれないはずなのに、なぜか、カウンターの中の藤枝とカウンターの逆サイドにいる宮津が目を見交わして、ほっとした表情をしているのが、何となくムカつく。

「何で、そこでやれやれって顔してんのさ」

まだ午後八時だ。店内は二組のカップルだけである。

「生意気だよ、宮津先生」

「あ、いえ、そんな……」

慌てたように視線を外す宮津に、厳しい一瞥《いちべつ》をくれてから、篠川は右手でグラスを取り、もう一口、豊かな味わいのオクトモアを含む。

「うん、今日は酒が美味《うま》い」

「だね」

そっとカウンターの下で手を繋《つな》いで、二人は言葉のかけらを投げ合う。

「明日、晴れるかな」

「晴れるだろ」

「そうかな」

『藺』の中、二人のいつもの夜が過ぎていく。

そういえば、このベッドで寝るのは、少し久しぶりだったと、篠川は思った。すべすべとしたシルクの入ったシーツとしっとりと柔らかいブランケット。どちらも素肌に優しくて、篠川の大好きなタッチだ。

「めずらしい」

先にシャワーを浴びて、すでにベッドに入っていた賀来がくすっと笑う。

「臣がパジャマ着ないで、ここに来るの」

「どうせ脱ぐんだから、いいだろ」

少し照れて、乱暴な口調で言うと、篠川は着ていたバスローブを脱ぎ捨てて、するりとベッドに滑り込んだ。

「あーあ、やっぱりこっちの方がいいなぁ」

賀来と大ゲンカした夜から、篠川は自分のベッドで眠っていた。ちょうど夜勤が多くつくスケジュールだったので、自室のベッドで眠ったのは、三回くらいだったが、それでも、何だか寝心地が悪くて、あまり身体が休まった気がしなかった。

「ふかふかで眠くなりそうだ」

「まだ眠っちゃだめだよ」

賀来が柔らかい声で囁いて、ベッドサイドの明かりを少し落とした。ベッドに潜り込んできた篠川の身体をそっと抱き寄せる。二人の間に体格差はあまりない。賀来の方がやや身長が高く、身体も大きいが、体力はと言えば、篠川の方がありそうだ。だから、二人の夜は、どちらかがどちらかを奪うとか搾り取るようなことはなく、お互いの身体を愛《め》でて、楽しむためにある。二人の間で、夜を共に過ごすことは会話などと同じ、コミュニケーションの一つなのだ。とても大切な。

「臣、やっぱりいい匂《にお》い」

篠川の素肌に顔を埋めて、賀来が囁く。

「臣の肌、すごく……いい匂いがする」

「同じだよ」

胸に顔を埋める恋人の髪を抱きしめて、篠川は少し素っ気なく言葉を返す。しかし、その髪を抱きしめて、掻き撫でる手は彼らしくもなく優しい。

「玲二も……いい匂いだ」

甘く交わす唇。言葉よりももっと大切で、ほしかったものを盗み合う。飽くこともなく唇を合わせ、舌を絡ませ、キスで対話を交わす。

ずっと寂しかった。寒かった。ずっと……切なかった。

「臣……」

聞いたことがないくらい切なげな賀来の声。

「ごめんね、臣……。僕にとって、臣以上に大事なものなんてないのに……」

「……謝る前に……もっとキスしよう」

篠川は囁く。

「玲二成分が足りないんだ。もっとキス……しよう」

賀来の唇がくっと笑った。長い指が篠川の唇をそっと撫でる。その指を篠川は軽く舐《な》めた。甘い舌先で彼の指をしゃぶるように舐めて、少し潤んだアーモンドアイで、彼の表情を探る。

「……キスしてあげるから、上に乗っかってくれる？」

賀来がこういうことを言うのはめずらしい。篠川は「何言っちゃってんの？」という顔をしたが、別に否というほど嫌いではないので、足を大きく開いて、恋人の上に跨《また》がるような体位をとった。篠川臣という男は、上品でも下品でもないのだが、強いて言うなら、清潔感があり、どこか浮き世離れした、きんと澄み返った雰囲気の持ち主だ。その篠川が、なかなかに刺激的な体位をとっているのは、かなりそそられる。賀来も少しびっくりしたような顔をしてから、蕩《とろ》けるような笑みを浮かべた。

「臣、すんごく……いい眺め」

裸の恋人があられもない姿で、自分の上に乗っかっているのだ。これで興奮できないなら、男なんて……いや、人間なんてやめてしまった方がいい。

「激務でお疲れの玲二に……たっぷりサービスしてやる」

篠川はそう言うと、悪魔的な笑みを浮かべた。元の造作は整っているのだ。その篠川が本気で落としにかかっている。うっすらと汗の浮かんだ白い胸と、すべすべとした太股《ふともも》。しなやかに引き締まった腰を両手で軽くつかんで、賀来は澄ました表情で、恋人の身体を軽々と持ち上げた。

「あ……あ……っ！」

大きく広げた両脚の間に、怖いくらいにそそり立つ熱い高まりがぐうっと食い込んでくる。

「ああ……ん……っ！」

思い切り大胆に仰《の》け反《ぞ》って、高く声を上げる。

「あ……ああ……っ！　あ……あ……あん……あん……っ！」

「臣……すごく……いい声……」

下から激しく揺すり上げられて、声が抑えられない。恥ずかしいと思う間もなく、恋人の情熱に翻弄《ほんろう》される。

「玲二……れい……じ……っ。すご……い……。何か……今日……すご……い……っ」

「臣も……すご……い……よ。臣の中……トロトロで……ものすごく……気持ちいい……」

「ばか……っ！　おまえが……動く……か……ら……ああ……ん……っ！」

リズミカルに揺さぶられて、もうおかしくなりそうだ。いや、きっとおかしくなってる。彼のリズムに合わせて、腰を上下し、ただ悦《よろこ》びの声を上げる。この寝室の防音がしっかりしていることに感謝しつつ、奔放に甘い声を上げ続ける。

「あん……っ！　い……いい……っ！　玲二……玲二……っ！」

幾度抱き合っても、身体を結び合っても、その瞬間が訪れると、初めての時のように、全身が震える。肌が恐ろしく敏感になり、軽く撫でられただけで、電気が走ったように感じて、身体が弓なりに仰け反り、きゅうんっと体内深くに受け入れた熱いものを締めつける。

「れい……じ……っ！」

こんなにぴたりと……まるで唯一無二のパズルピースのように嚙み合い、お互いの形になって飛べる相手は、きっと……君しかいない。

おかえり。僕の愛《いと》しい半身。

もう僕は……君しかいらない。

僕の人生には、君がいてくれれば、それだけでいい。

二度目のシャワーは、賀来のトワレと同じ花の香りのボディシャンプーを使った。すっきりとした花の香りは、ロジェ・ガレだ。

「やっぱり……」

すべすべになった素肌を合わせて、二人はぴったりと抱き合う。ずっと触れ合っていなかった体温がとても愛しい。篠川の頰に軽くキスをして、賀来は嬉しそうに微笑んだ。

「臣、大好き」

「はいはい」

久しぶりにがんばってしまった。二人とも、わりとセックスには淡泊な方なのだが、たがが外れてしまうと、結構激しいことになってしまう。何せ、つき合いは長くて深い。いろいろな意味で満足できるのは、お互いしかいないことをよく知っている。相手のどこをどうすれば、満足させられて、満足できるのか……お互いに知り尽くしているのだ。だから、その気になると、天国の扉を垣間見《かいまみ》るどころか、天国のいちばん奥まで入っていって、そのふかふかのベッドでたっぷりと楽しむところまでいってしまう。

「臣は大好きって言ってくれないの？」

さらさらと滑らかな髪を撫でながら、賀来は少し不満そうに言う。

「僕はいつも臣のこと大好きって言ってるのに」

「……たっぷり身体で言ってやっただろ」

篠川臣に「上に乗っかれ」などと言えるのは、賀来玲二だけである。そして、常に氷の理性の人である篠川を、あられもない姿で喘《あえ》がせることができるのも、賀来だけだ。賀来はうふふと笑うと、もう一度深く唇を重ねた。また身体の奥に火が点きそうなくらい深いキスを交わす。甘くとろりと舌を絡ませて、ゆっくりとキスを楽しんで、そして、微かな音を立てて、唇を離す。

「臣、僕ね、坂西の店に出るの、やめるよ」

軽く額を合わせて、賀来が言った。

「今までどおり、他の店だけにする。『le vent』には出ない」

「どうしたんだ?」

篠川は賀来の胸に頬をつけて言った。頬に伝わるぬくもりが嬉しい。

「大変なんだろ?　てこ入れしないといけないって……」

「うん、それはそうなんだけど」

賀来は頷いた。

「でも、だからといって、今日明日に潰《つぶ》れるものじゃないしね」

ベッドサイドの時計は、午前零時。少し風が出てきたのだろうか。窓の外で、高く低く空気の震える音がする。

「『le vent』は確かに僕の店なんだけど、あそこはさ、坂西の店でもあるんだよね」

賀来が静かな口調で言った。

「僕は、所謂《いわゆる》高級フレンチしか知らない。パリでも、ミシュランの星持ちレストランで修業してきたし、日本で持っている店も、『le cocon』以外はみんなそうだ。それだと、コースでいくらにすればいいのか、妥当な値段もわかるし、仕入れや人件費とのバランスもわかる。でもね、僕の手法じゃ『le vent』は動いてくれない。客筋も違うし、何なら、お店に滞在する時間も違う」

「うんまぁ……そうだね」

篠川は賀来の店をよく知っている。何せ、各店舗にあるプライベート・テーブルすべてで、食事をしたことがあるのだ。その味のクオリティはよく知っているし、料理が供されるスピードも心得ている。だから、それに合わせて食事を取るスピードをコントロールする。

しかし『le vent』は違う。ディナーは一応コースの形を取ってはいたが、正式なフレンチのコースというよりも、アラカルトを並べているという感じなのだ。だから、提供の間隔も短いし、客の滞在時間も短いという感じがした。つまり、店の回し方自体が、他の店舗と異なるのである。

「僕は、あの店を始める時、坂西に、君の好きなようにやってくれて構わないと言った。『le vent』は確かに賀来玲二の店ではあるけれど、君のカラーに染め上げて構わないと言った」

「まぁ……ね。あそこは玲二のカラーでできる店じゃないよ」

篠川はあっさりと言ってのける。

「それをわかって、やっていると思ってた」

「うん、僕もそのつもりだったんだけど」

賀来はくすりと小さく笑う。

「僕が表に出ないで、意外性を狙《ねら》って作ったはずの店だったのにね。意外に採算が取れないことに焦ってしまった。僕の……我慢が足りなかった」

「まぁね」

篠川は賀来の背中に両腕を回して、きゅっと少し力を入れて抱きしめる。

「……悔しいから言いたかないけど、時間は必要だろうさ。おまえだって、一朝一夕に業界の寵児になったわけじゃない。あいつには……もう少し時間をやってもいいような気がする」

「悔しいって何？」

賀来が篠川の髪に唇を埋める。さらさらと滑らかで、性格とは真逆の素直な髪が、賀来はお気に入りだ。

「……あのガキだよ」

篠川はふんと鼻を鳴らした。

「玲二をそばに置いといたら、あいつは玲二の猿真似《さるまね》しかできなくなる。少し突き放した方がいいんじゃないの？」

「臣、もしかして……」

「嫉妬《しっと》なんかしてないからな」

かぶせるように、篠川は言った。

「ただ……腹が立っただけだ」

出来の悪い賀来のコピーに。

やるならもっと上手くやれってんだ。賀来玲二は……僕の賀来玲二は、もっともっと上質の男だ。最高に美しくて、最高に優雅な男なのだ。

「僕は」

賀来が柔らかな声で言った。

「嫉妬したよ」

「え……？」

「臣と一緒に『le cocon』にまで行った織部先生に」

「…………」

その名を聞いて、ガラにもなく、ちくんと胸が痛んだ。

篠川は彼の好意を利用してしまった。彼が自分に好意を抱いていることを知り尽くした上で、彼を利用してしまった。賀来の嫉妬心に火を点けて、自分の思いどおりに動かすために。

「……ごめん」

篠川は小さな声で言った。賀来が軽く口元にキスをする。

「それ、誰に言ってるの？」

「……さぁね」

少し目をそらして、低い声ではぐらかすのが、篠川のなけなしのプライドだ。

冷静沈着。仏頂面がデフォルトの鬼のセンター長。

そんな篠川臣の氷の理性も、人並み外れた思考力も、長いつき合いの恋人の前ではぐずぐずになってしまう。

「……明日は？」

篠川は恋人の胸に再び頬をつけ、目を閉じた。

懐かしい恋人の肌の香り。柔らかく響く声。甘い体温。

「いつもどおりだよ。朝起きて、臣の朝ごはんとおべんとう作って、姫たちと散歩に行って」

いつもの朝。彼が作ってくれる朝ごはんの美味しい匂いで目覚める朝。

「明日は……パンケーキが食べたい」

「いいよ。リコッタチーズあるし。おべんとうはだし巻きとえびしんじょ。ごはんは鶏の炊き込みごはん」

「……楽しみだ」

「うん」

ふわっと眠気がさしてきた。小さなあくびに気づいたのか、賀来が優しく笑った。

「おやすみ、臣」

「うん……おやすみ……」

ひたひたと寄せてくる幸せな眠りの波。

おやすみ。僕の大好きな君。

僕はきっと、一生君に恋をし続ける。

たまに嫉妬したり、意地悪したり……わがままな子供のようなこともしてしまうくらい、僕は君が好きでたまらない。

おやすみ。明日はきっと……今日より君が好きになっている。

魔王最愛

森住英輔《もりずみえいすけ》の最愛で、最強の恋人である貴志颯真《きしそうま》は、ホテル住まいである。

「英輔」

「何す……うわ……やめ……っ」

後ろから回ってきた手のひらが、森住の口を軽く塞《ふさ》ぐ。

「大きな声を出すと、ホテルスタッフが飛んできますよ。うちのホテルは防音性に優れていますが、バスルームだけは他の部屋に音が響きやすいので」

そう言いつつも、森住の口を塞いだ手と反対の手は、妖《あや》しく動いて、森住のいちばん弱くて、よくなってしまうところを情け容赦なくしごき上げてくる。

「そんなら……やめろ……よ……っ」

広いバスルームなのに、何が嬉《うれ》しくて、壁にすがりつかなきゃならないのだと思うし、せっかくさっぱりしようとしていたのに、後ろから襲われて、立ちバックでやられなきゃならないのか。

「やめていいんですか?」

どんな時でも理知的に響くのが、貴志の声だ。

「本当にやめていいんですか？」

〝いいわけないだろ……っ！〟

ぎりぎりで快感を抑えられている状態だ。ここで投げ出されたりしたら、身体《からだ》の奥にくすぶる情欲の炎にじりじりと焼かれて、叫び出しそうだ。

「……さっさと……すませろ……っ！」

そう叫ぶのが、森住のなけなしのプライドだった。


ホテル住まいがありがたいのは、バスルームが広いことと清潔なこと。そして、アメニティが充実していることだ。

貴志が住んでいる、この『オテル・オリヴィエ』は、貴志の実家が持っているホテルの一つで、五つ星の豪華なホテルだ。貴志はそのホテルの部屋のうち、奥まった一室に住んでいるのだが、当然のことながら、ホテル棟には宿泊客しか立ち入ることができない。しかし、森住は例外なのである。御曹司である貴志の親友……いや、恋人……婚約者くらいの位置づけになっているらしく、顔パスでここに入れるし、バスルームには、森住用のアメニティも揃《そろ》えられている。この扱いに、最初はかなり引いてしまった森住だったが、今はもう、当たり前のものとして享受できるくらいに開き直ってしまった。

「……颯真？」

ようやくさっぱりとした気分でバスルームから出てきた森住は、ソファに座り、何とも微妙な表情をしている貴志を見て、思わず声をかけた。

「どうした？」

先にシャワーを浴び終えて、バスルームを出たはずの貴志が、まだバスローブ姿のまま、ソファにいる。

貴志はわりにきっちりとした性格をしていて、バスローブ姿でいつまでもくつろいでいるようなことはない。いつもさっさと着替えているのだ。

「いえ」

貴志は短く答えて、軽く首を横に振った。

「何でもありません。英輔、食事はどうしますか？　ルームサービスにしますか？」

「いや、食べに行く」

このホテルのルームサービスは、ただのルームサービスではない。特に貴志に関しては。レストランと同レベルのサービスを受けることができる。しかし、ルームサービス＝森住がレストランに行く気力がない時なのだ。二人の間の過剰なセックスがあからさますぎて、情けない＆恥ずかしいことこの上ない。

「そうですか」

貴志はあっさりと答えた。

「では、着替えてきます。席の予約を入れておきますので、あなたはゆっくりと着替えてください」

そして、もの問いたげな森住の視線をすいとかわして、貴志はウォークインクローゼットの中に消えていったのだった。


聖生会《せいせいかい》中央病院付属救命救急センターの勤務表は、複雑怪奇である。何せ、所属している医師の他に、病院からの応援がいて、大学病院からのアルバイト医師がいて、その上、日勤、夜勤、早番、遅番が入り乱れ、そこにヘリ番や初療室主任などのオプションがつく。はっきり言って、人の勤務などいちいち見ないし、覚えてもいられない。

「なぁ」

森住は、初療室で、見事なまでのタッチタイピングでサマリーを書いている貴志のすぐ後ろに立って言った。

「あんた、明日の勤務は？」

恋人の勤務だって、把握なんかしていない。貴志は、とんでもなく長い病名を、一字のスペル間違いもなく打ち込みながら、電子音声のような平坦《へいたん》な口調で答える。

「日勤です。早番がついているので、午後三時過ぎには上がりたいと思っていますが」

意外だが、センターでは残業は推奨されない。センター長である篠川《ささがわ》が、断固として残業を拒否する姿勢を崩さないからだ。しかし、彼はとんでもない連続勤務にも文句は言わないし、勤務中は誰よりも働く。そして、他のスタッフにも、それを勧める。『よく働いて、よく遊ぶんだよ』と。だから、仕事を投げ出さない限り、定時に帰ることに否はないのである。

「俺も日勤なんだ。なぁ、久しぶりに『あかり』に行かないか？　この頃、ずっとがっつりしたもんばっかり食ってただろ？　たまには、あっさりしたもんを……」

「ああ、申し訳ありません」

森住の言葉を遮るように、貴志は言った。

「先約がありますので」

「先約？」

森住はきょとんとして、繰り返してしまう。

〝颯真が……先約？〟

貴志が森住以上に優先するものなど、今までにあっただろうか。

二人の力関係は、なかなかに微妙《びみょう》で、貴志がいろいろな意味でのイニシアチブを取ってはいるのだが、実のところ、ベタ惚れなのは森住ではなく、貴志の方だ。森住を振り回し

ているようでいて、実のところ、貴志は森住の言いなりなところがある。貴志にとってい
ちばん怖いのは、たぶん、森住に嫌われることなのである。少なくとも、森住はそんな風
に考えている。そんな貴志が。

「颯真、先約って……」

「先約は先約です。先に約束した人がいるもので。『あかり』はまた後日ということで」

「貴志先生」

そこに割り込んできたのは、空気を読まないことにかけては誰にも負けない筧深春《かけいみはる》で
ある。

「サマリー書けましたか？　患者さん、病棟に上げたいので」

「ええ、今終わりました。筧さん、病棟から迎えは？」

「例によって、お忙しいそうです。貴志先生、また俺とケンカ売りに行きませんか」

「私《わたし》はケンカなんかしたことありませんよ」

ヌケヌケと言いやがる。

貴志は敵の多い奴《やつ》だ。ルックスのせいなのか、それとも性格のせいなのか、両方なの
か。特に年配の医師たちとの折り合いが悪く、彼を忌み嫌うものもめずらしくない。

「どなたとも仲良くやっていますよ」

にこりともせずに言って、貴志は筧に答える。

「よろしいですよ、筧さん。ケンカはしませんが、病棟までおつき合いするのは、やぶさかではありません」

「よろしくお願いします」

　ぺこんと頭を下げてから、足早に歩き出した筧の後を追って、貴志がその場から去っていく。そのすっと伸びた背中を見ながら、森住は無意識のうちに首を傾《かし》げる。

〝何か……ヘンじゃないか……？〟


「なぁ、何か変だと思わないか？」

　ところは『le cocon《ル・ココン》』である。ワイン色と黒で統一された静かなバーは、森住のお気に入りであり、また、貴志も気に入っている場所だ。

「そう……かな」

　カウンターだけの店である。よく磨き込まれた、赤みを帯びたカウンターはマホガニーだ。その右端……いちばんドアに近い場所に座っているのは、宮津《みやつ》晶《あきら》だ。森住の大学時代からの親友で、今も同僚として、同じ職場で働いている。大学入学時のオリエンテーションで、名簿順の席の前と後ろになってからのつき合いだから、本当に長いつき合いである。

「貴志先生だって、プライベートのつき合いはあるんじゃないの？」

「うーん……聞いたことないな」

森住は少し考えてから言った。

「あいつ、本当に人づき合いが悪いんだよ。如才ないし、人当たりもいいんだが、もう一歩踏み込ませないところがあるんだよな」

「そうかな」

宮津が首を傾げる。

「そんなことないと思うよ。結構ぶっちゃけてると思うけど」

「だから、それが一歩踏み込んでるんだって」

貴志は無意識なのか、意識的なのかわからないが、つき合う相手の選別をするのだ。この人はここまで。この人ならここまで。そんな風に、相手を立ち入らせるラインを決めるのである。そして、宮津はその内側《うちがわ》にいるのだ。

「それなら、お兄さんだっけ？　双子の兄弟がいるんだよね？」

「優真《ゆうま》なら、そう言うと思う。隠す必要なんてない」

早番の日勤をほぼ定時で終わった貴志は、午後四時前にセンターを出ていった。そのまま、午後九時過ぎの今まで、何の連絡もない。

「森住」

宮津がくすりと笑う。

「あのね、つき合いたての恋人同士ならまだしも、森住と貴志先生は、もうつき合ってから一年以上でしょ？　四六時中相手のことを考えてる時期は過ぎてるよ」

「おまえは藤枝《ふじえだ》さんが、おまえ以外の相手とどっか行っても気にならないのか？」

森住の突っ込みに、宮津は妙に大人っぽい笑みを浮かべる。

「だいたいわかってるからね。俺が不安になりそうだと思ったら、脩一《しゅういち》さんの方が先回りして、ちゃんと教えてくれるから」

「はいはいはい」

こいつに聞いた俺が馬鹿《ばか》だったと、森住はため息をつく。

宮津の恋人である藤枝脩一は、この『le cocon』を任されているバーテンダーである。一を聞いて百くらい悟るような人で、この人の恋人やってたら楽だろうなと思わせるような人物だ。今も、優雅にカウンターの中を泳ぎながら、たまに宮津に目線をくれる。本当に愛おしげな、優しい目だ。藤枝の恋人になってから、宮津は笑顔が増えて、本当に幸せそうだし、精神的に安定して、また健康にもなった。

一方、自分は貴志の恋人になってから、こんな風に精神的に不安定になった気がするし、眠らせてもらえないこともあるし、腰が抜けるまでやられることもあるし……。

「俺、ほんとに愛されてんのかなぁ……」

そういえば、最後にホテルに泊まった夜、貴志は少し様子がおかしかった。バスルームで二回もやったくせに、食事をして、再び部屋に戻ってから、ベッドで本番やらかすのかと思いきや、すうっと身体を離して寝てしまい、それから今日まで、勤務がすれ違い気味のせいもあるが、一度もホテルに引きずり込まれていないし、医局で襲われかけることもない。襲われるのを待っているのもどうかと思うが、それが何となく普段の二人の関係なのである。

〝もしかして……あいつ、俺に飽きてきたんじゃないのか……？〟

ドールめいた抜群のルックスと高級リゾートホテルを多数所有する大企業の御曹司という抜群の毛並み。そんな貴志に群がってくる輩《やから》は掃いて捨てるほどいたようだが、彼はステディな相手を持ったことがなかったらしい。やり捨てるセックスフレンドは多数いても、恋人としてきちんとつき合う相手はいなかったようなのだ。

〝てか……俺ももしかして、その一人だったとか……〟

カウンターに置いたスマホは沈黙を続けている。汗をかいたジン・フィズのグラスに指をかけて、森住はじっと物言わぬスマホを眺め続けていたのだった。

空が高く晴れわたった秋の朝、センターに珍客が来訪した。

「おはよう」

いつものように、颯爽《さっそう》とスタッフの前に立つのは、センター長の篠川臣《おみ》である。

「今日は夜勤からの持ち越しもないから、みんな揃ってるね」

篠川はきはきとした口調で言い、スタッフの顔を見回した。

「今日は、ここで研修したいとか言うもの好きを紹介する。まぁ、研修と言っても、彼はニューヨークのERでバリバリやってた人だから、今さら何しに来んのって感じなんだけど、来たいって言うから」

ものすごい言い草である。

「後は、本人から聞いて。佐上《さがみ》先生、こっち来て」

篠川に招かれて、すっと姿を現したのは、柔らかそうな癖毛と淡い茶色の瞳《ひとみ》が印象的な、エキゾチックな容姿の医師だった。人なつっこくにこにこしながら、彼は軽く頭を下げた。

「初めまして。佐上アンヘル馨《かおる》です。ミドルネームのアンヘルは、日本語で言う『天使』です。アンヘルでも、天使でも好きなようにお呼びください」

「何か、可愛《かわい》くない？」

ナースの南《みなみ》が、仲良しのナース片岡《かたおか》に囁《ささや》いている。

「ミドルネームがあるってことは、貴志先生みたいな感じかな」

「ああ、佐上先生は……何だっけ、スリークォーターっての？　日本人の血が四分の一だけ入ってんだよね？」

ナースたちのおしゃべりをひょいと拾って、篠川が言った。佐上がにっこりと頷《うなず》く。

「はい。僕の母が日本とスペインのハーフで、父はスペイン人です。僕自身は日本生まれの日本育ちですが、インターナショナルスクールからアメリカの大学に進みましたので、日本語は話しますが、今一つ日本のことはわかっていません。いろいろと学びたいと思っておりますので、よろしくお願いいたします」

「はい、そういうわけで、いろいろと教えてあげてね」

篠川は早口に言う。

「えーと、彼の指導は誰にお願いしようかな。神城《かみしろ》先生は……」

「俺はヘリ番やら病院での執刀やらがついてるから、ちょっと無理だぞ」

神城尊《たける》が先回りするように、さっと言った。篠川がちっという顔をする。

「まったく……逃げ足速いね」

「俺はそういうの、向いてねぇんだよ」

神城はにっと笑った。

「俺より、篠川先生の方が向いてるだろうよ。あんたはここの責任者なんだし」

「あの」

露骨に面倒の押し付け合いを始めたトップたちに、にこにこと笑顔で割り込んだのは、何と佐上自身だった。

「僕の希望を申し上げてよろしいでしょうか」

「希望？」

篠川が軽く片眉《かたまゆ》を上げる。

「君、うちのスタッフを知っているの？」

「少しは」

佐上はスタッフの方に顔を向けた。すっと手を上げ、一人の医師を指さす。

「森住英輔先生に、ご指導を願いたいのですが」

「へ？」

突然指名されて、森住は素《す》っ頓狂《とんきょう》な声を上げてしまう。

「お、俺？」

「森住先生？」

森住の声と篠川の声が重なる。篠川のアーモンドアイがきろりと森住と佐上を見た。

「……森住先生は整形外科医としては非常に優秀だし、センターのことも、長く応援に来てくれていたから詳しいけど、救命医としては、あなたの方がキャリアが長いはずだよ？　それでもいいの？」

〝はっきり言ってくれる……〟

「もちろん。僕が学びたいのは、このセンターのシステムですので。救命医としての仕事は、ニューヨークでも日本でも、大して変わりはないでしょう」

「大して変わりはない……ねぇ」

篠川の鋭い目がきらっと光る。

「その自信、嫌いじゃないよ。森住先生」

「は、はいっ！」

どうやら逃げられないらしい。反射的に直立不動になってしまう。

「佐上先生の指導は任せたよ」

「いや、あの……」

森住は思わず、視線で貴志を探してしまう。

〝指導って……仕事してる間はずっと一緒ってこと……だよね〟

そんなことを、自他共に認める独占欲の塊である恋人が許してくれるだろうか。

「え」

「森住先生」

「あ、はい……」

篠川に促されて、佐上がにこにこと近づいてくる。

そっと盗み見た恋人……貴志はこちらを見てもいなかった。まるで、森住の存在などそこにないかのように、高い空が望める窓の外を眺めていたのだった。


スペインバル『マラゲーニャ』は、目立たないドアを開けると、びっくりするくらい広い店だった。奥行きがあり、ふわふわとした柔らかいスクリーン状のカーテンで仕切られているテーブル席は個室感があって、なかなか落ち着く。

「やっぱりバルなら、アヒージョだよな」

朱色の車海老《くるまえび》がくつくつとオイルの中で煮えているのを見ながら、森住は上機嫌で言った。

「ワインが進みます」

バゲットをスライスしてパリッと焼き上げ、にんにくとトマトを擦りつけて、イタリアンパセリをのせたパンコントマテには、生ハムが添えられている。海老ペーストを食パンに塗り、カリッと揚げたエビパンは、この店の名物料理である。

「カルパッチョも彩りがよくていいですね」

森住の向かいには、いつものドール顔がある。

貴志は澄ました顔をしているが、なかなかの健啖家《けんたん》で、食い道楽である森住が油断していると、さっさとテーブルの上のものをすべてさらわれてしまうほどだ。二人はワインを二本、ボトルで取り、互いに手酌でやり始めた。お互い酒は強いし、美味《うま》いつまみを前にすれば、ワインはくいくいと進んでしまうので、いちいち注ぎあったりはしない。

「こういうとこ、颯真は嫌いなのかと思ってた」

今日はめずらしくも二人の勤務がぴったりと合った。二人とも日勤で、退勤も同時にできたので、そのまま飲みに出たのである。

「どうしてですか？」

アヒージョのオイルをパンにつけて口に運び、満足そうに頷いて、貴志が言った。

「美味《おい》しいものは好きですよ？　知っているでしょう？」

「いやでも、颯真って、ちゃんとドレスコードあるような店が好きだろ？　実際、そういうところが似合うしさ」

「そんなことはありません」

貴志は微《かす》かに笑った。

「ああいう店を選ぶのは、だいたい味に間違いがないからです。私は確実に美味しいものを食べたいので、何も考えたくない時は、ああいうところに行くことになります」

「何も考えたくない時……」

相変わらず、貴志はものすごいことを言う。彼といろいろな意味での認識が違うと思うのは、こういう時だ。森住だったら、何も考えたくない時は、コンビニとかに行ってしまう。美味しいものは好きだが、何も考えたくないなら、食べるものも考えたくない。

「颯真が何も考えたくない時って、どういう時だよ」

パンコントマテに生ハムをのせて食べてみる。ほどよく塩味の効いた生ハムは、しっとりしていて滑らかだ。

「……いろいろありますよ。あなたは私に悩みがないとでも？」

「いや、そんなことないけどさ」

「例えば……最近、あなたを泣かせていないなとか」

ちらりと視線をくれる。流し目に近い目つきで、どきりとするほど妖艶《ようえん》な表情だ。

「こんなところで……そういうこと言うな」

貴志と言えば、下ネタである。この極上の上品な容姿から、なぜ次から次へとセクハラ発言が出てくるのか。

「私にとっては、なかなかに深刻な悩みですよ。あなたをベッドでたっぷりと泣かせるのが、私の最高の悦《よろこ》びなんですから」

「あのな……っ」

思わず、ワインをがぶ飲みしてしまう。

「……十分に泣かされてるよ……っ。颯真にまともにつき合ってたら、俺の身体がぶっ壊

れる」

「どういたしまして。相変わらず、あなたの身体は最高ですよ。きついし、熱いし……よく締まっていて……」

「やめろ」

森住は低い声で言う。

〝俺に飽きてくれた方がいいような気がしてきたぞ……〟

「お待たせいたしました」

貴志のセクハラ発言が途切れるのを待っていたかのように、ウェイターが現れた。

「イベリコスペアリブのパエリアでございます」

熱々のフライパンが運ばれてきた。美味しい匂《にお》いと豪快な盛りつけに、思わず笑みがこぼれてしまう。

「いただきましょう」

貴志がうっとりするような笑みを浮かべて、森住を見つめる。

「ああ」

やっぱり、美味しいものを愛《いと》しい人と一緒に楽しむこの時間は、最高だ。

『マラゲーニャ』は、ドアに近いところにカウンター席がある。一人で訪れていたり、軽く一杯飲みたいだけの客は、そこに座ることが多いようだ。

「颯真、この後どうする？」

「そうですね。バーにでも行きましょうか」

　二人の食事代は、交互に払うことにしている。割り勘は面倒だし、二人とも、わりと恵まれた経済状況にある。ざっくりと半分ずつ払っているような感覚なのである。今日は貴志が払う日で、そのカード決済を待っている間、ふとカウンター席に視線を向けた森住は、そこに知った顔を見つけた。

「あ、あれ？　佐上先生？」

「はい？」

　カウンター席にいたのは、センターに配属されたばかりの佐上アンヘル馨だった。そして、その隣にいるのは、確か、心臓外科医の芳賀《はが》という医師だ。聖生会中央病院の医師ではなく、近くの至誠会《しせいかい》外科病院の医師だったと思う。少し癖のあるハンサム顔なのだが、きょとんとしているのが、何となく可愛い。

「森住先生」

　佐上がぱっと嬉しそうな顔になった。スペインと日本のスリークォーターという彼は、表情がはっきりとしていて、喜怒哀楽がわかりやすい。嬉しい時は、本当に全開の笑顔で笑うという感じだ。

「え、帰っちゃうんですか？　一緒に飲みましょうよ」

「いや、もうたっぷり食ったし、飲んだから」

森住もつられたように笑う。

「佐上先生、よくこんなわかりにくい店を知ってるね。もしかして、こっちに来たことあるの？」

「いえ、ここに誘ってくれたのは、この芳賀です」

佐上に指差されて、芳賀は如才ない笑顔でぺこりと軽く頭を下げる。

「至誠会外科病院心臓外科の芳賀です。アンヘル……佐上とは、ニューヨークにいた頃に一緒に働いていたことがあって」

「聖生会中央病院付属救命救急センターの森住です」

森住は、ついでに貴志も紹介しようとしたのだが、はっと振り返ると、すでに貴志は店の外に出てしまっていた。ドアが閉じようとするのに、少し慌てる。

「あ、こら待てっ」

「どうされました？」

芳賀に尋ねられて、森住は、ははっと笑うしかない。

「いえ、連れがいるもので。ではまた、芳賀先生。佐上先生、またセンターで」

「今度、一緒に飲みましょうよ」

佐上は上機嫌である。少し酔っているらしく、ほんのりと目元が染まっている。

「僕、先生と飲んでみたいです。で、深い話とかいろいろしてみたい」

「深い話ですか」

森住は苦笑する。

「俺は底の浅い人間ですよ。それでよければ」

そして、さっと会釈すると、店の重たいドアを開けた。ありがたいことに、恋人はすぐそこで待ってくれていた。月明かりに、ほの白い美貌《びぼう》が輝いて見える。思わずうっとりと見つめてしまってから、森住は貴志の元に駆け寄った。

「何で、先に出ていっちまうんだよ。びっくりした」

「会計は終わりましたので」

平坦な口調で、貴志は言う。森住ははっとして、もう一度貴志の顔を見た。

〝怒ってる……？〟

さっきまでの柔らかい表情はさっと拭《ふ》き取《と》ったように消えていて、今の貴志は完璧《かんぺき》なドール顔だ。つまり、ほとんど表情がない。身近につき合っているとわかるのだが、彼が美しいと思える時は、実は怒っている時なのである。表情を消すと、完璧な美貌が際立って、より美しく見えるということだ。

「あのさ、颯真、この後、『le cocon』にでも……」

「少し飲みすぎたようなので、今日は帰ります」

まるで叩《たた》き落《お》とすように、貴志が言った。

「もう迎えを呼びました。あなたもご自宅に戻られるようなら、お送りしますが？」

森住はまじまじと恋人を見た。酔いのかけらも見えない完璧な白皙《はくせき》。美貌の恋人は酔っ払ってなんかいない。ただ……なぜか、怒っているのだ。そして、森住には怒られるいわれがない。言ってみれば……すんごく理不尽な状況だ。わけもわからず、怒られている感じだ。

「いや」

森住は軽く首を横に振った。

「何か、今のあんたと一緒の車に乗る気にならない。『le cocon』に寄って帰る」

「そうですか。お好きに」

そう言い捨てると、なぜか怒っている貴志は、いつもより少し足早にその場を去っていったのだった。


聖生会中央病院付属救命救急センターは、日本にはめずらしいER型の救命救急センターである。

「こんなこと、先生には釈迦《しゃか》に説法だろうけど」

森住は、がんがんと内側から引っぱたかれるような頭痛に耐えながら言った。

「日本はアメリカと違って、ＩＣＵ型の救命救急センターが主流なんだよ」

「ええ。最初は、その意味がよくわからなくて」

佐上はにこにこと愛想よく応じる。明るい若草色のスクラブが爽《さわ》やかだ。彼の陽性の雰囲気に似合っている。センターのナースたちは病院からの支給のユニフォームがあるが、医師にはそれがない。よって、みな好きなものを着ているのだが、何となく自分の持つ雰囲気に似合ったものを着ているのがおもしろい。小柄で華奢《きゃしゃ》な宮津は、スクラブの上に少しオーバーサイズのカーディガンをよく着ているのが可愛らしいし、大柄な神城は、真冬でも半袖《はんそで》のスクラブだけでいることが多い。森住はブルー系のスクラブを着ている。他の色も持ってはいるのだが、つい寒色系のものを着てしまうのは、それ以外の色合いだと、自分の容姿では暑苦しく見えることを知っているからだ。

「ＥＲはＥＲじゃないですか。次から次に患者を受け入れるのだから、その予後までつき合っていたら、患者が渋滞を起こしてしまう」

「まぁ、そこは日本独特の事情かな。俺たちもよく病院の連中に『勝手に受け入れして、後始末を押しつけるな』と言われる」

　結局昨日は、貴志と別れてから、『le cocon』に寄ったのだが、妙に混《こ》んでいてゆっくり愚痴を言える雰囲気ではなかったので、早々に自宅に帰り、何だかがっつりと深酒してしまった。おかげで、今日は立派な二日酔いである。この顔で篠川に朝の挨拶《あいさつ》をしたら、無言のまま、軽くだが横っ面を引っぱたかれて、頭痛が増した。まったく、鬼の上司は容赦というものがない。

「まぁ、でも、自分が受け入れした患者を最後まできちんと診られたら、それはそれで理想ではありますよね」

　佐上が頷く。

「そのあたりをちょっと知りたいというか……見てみたいんです。ここはER型と言いつつも、病院と兼務の先生方も多いと聞きましたので」

「俺もそうだったよ。今はセンターの専従になったけど」

　とりあえず、二日酔いには水分だ。森住はせっせとイオン飲料を飲む。

「それなんですけど」

　佐上は少し首を傾げて言った。ふわふわとした癖毛が顔のまわりを囲んでいて、まるで西洋絵画の天使のようだ。なるほど、彼のミドルネームに妙に納得してしまう。

〝そういや、颯真のミドルネームって何なんだろ〟

「どうして、救命医に？　先生は整形外科医だったと伺いましたが」

「すぐ患者を診たかったからかな」

森住はこめかみを軽く押さえながら言った。

「病院の外来って、予約だからさ。極端な話、すぐ前の廊下で転んで骨折しても、そのまま診察室に入れることはできなくて、センターに運ばれてしまう。まぁ、予約の患者さんがいることを考えれば、彼らを待たせるのも可哀想《かわいそう》だから、すぐ診てくれるセンターに運ばれるのは納得ではあるんだけど、何かね、感情的に受け入れがたくて」

「先生は優しい方ですね」

佐上がにこりとした。

「医者がみんな先生みたいなら、患者さんは救われると思います」

「そんなことないよ」

森住は少し照れて、肩をすくめる。

「そっか、そういうことで、ここに……」

「救急入りまーす！」

そこに、ナースの南が駆け込んできた。

そういえば、救急車待ちで、自分たちはここにいたんだと森住は思い出す。手にしていたイオン飲料のペットボトルを邪魔にならないテーブルの端っこに置いて、搬入口のドアが開くのを待つ。

「お願いします」

バックしてきた救急車の後部ドアが開き、ストレッチャーが引き出された。

「お疲れ様です」

ありがたいことに、頭痛はきれいさっぱり消えていた。


「下肢の灼熱感《しゃくねつ》？」

森住は搬送されてきた患者のプレホスピタルレコードを見ていた。救急隊が書く、傷病者との接触から搬送までの記録である。

「足が熱いってこと？」

「はい、それで歩行ができないと」

「ふうん……」

患者は病院の方の整形外科にかかっていた。カルテを参照し、画像も確認する。

「南さん、バイタルは？」

「問題ありません。あの先生、上向きより横向きが楽だって仰《おっしゃ》るんですけど、側臥位《そくが》になってもらっていいですか？」

患者は七十代の男性だった。しきりに足を気にしている。

「ちょっと診てからにしようか。佐上先生」

「はい」

森住は佐上に診察を任せた。森住と佐上は同い年だ。ただ、佐上は日本とアメリカ両方の医師免許を取ったりもしていたので、臨床経験は森住の方がある。それを知ってから、森住は佐上の指導に戸惑いがなくなった。佐上も素直な性格のようで、森住の指導に従ってくれるので、二人の関係はうまくいっている。

「……もともと不全麻痺《まひ》があるんですよね」

「脳梗塞《こうそく》の既往があるな。南さん、ちょっとパジャマのズボン、脱いでもらってくれる？」

「はーい。すみません。診察するので、足を出しますね」

麻痺があり、あまり歩いていないらしい足は、筋肉がすっかり落ちていて痩《や》せている。

「右が……冷たいですね」

患者が熱いという右足に触れて、佐上が首を傾げた。

「脈、あんまり触れないな」

森住はうーんと考える。

〝虚血があるのかな……でも、もともと整形で腰部脊柱《せきちゅう》管狭窄《きょうさく》症を診てるんだよな
……〟

脳梗塞の既往もあり、その上、糖尿病も持っている患者だ。感覚の左右差があっても、それほど大きな問題にはならない。

「森住先生」

佐上がそっと森住の耳元で言った。

「ドップラーで、血流見てみたいんですけど」

「虚血か？」

森住の問いに、佐上が頷く。

「アメリカで診たことがあるんです。閉塞《へいそく》性動脈硬化症の急性増悪の症例と、いくつか共通点があります」

「筧くん」

そばに寄ってきていた筧に声をかける。

「ドップラー持ってきて。それと……」

「フォルムの準備しておきます」

筧がぱっと駆け出す。まったく頭の回転の速いやつだ。

「佐上先生、任せるよ」

森住はそう佐上に言うと、電子カルテを起動し、記載を始めた。

「お疲れ」

森住はノックもせずに医局のドアを開けた。

「お疲れ様です」

淡々とした静かな声が返ってくる。すでに着替えていた貴志は、いつものようにオリーブグリーンのスクラブとクリーム色の白衣をまとっていた。今日の森住は日勤で、貴志は夜勤である。すれ違いの勤務だ。

「早くないか？　まだ夜勤帯に入ってないぜ？」

「部屋にいても、特にやることもありませんので」

貴志は素っ気なく言うと、窓の方を向いて、長い髪を一度解いた。貴志の金髪の混じった明るい栗色《くりいろ》の髪は、肩を越えている。わずかにウェーブがかかっているので、ざっとまとめるだけでも形になり、清潔感がある。森住はすっと貴志の後ろに近づくと、柔らかな髪にそっと頰《ほお》を寄せた。いい香りのする長い髪は、森住のお気に入りだ。

「……あ、もう縛っちまうのか？」

貴志の手が後ろに回った。器用にざっと髪をまとめて、縛ってしまう。

「解いておくのが好きではないんですよ」

貴志は淡々と言うと手を伸ばして、ざっとブラインドを上げた。まだ明るい午後の光が射《さ》し込《こ》んでくる。思ったよりも外は明るくて、森住は貴志の髪に伸ばしかけた手を引っ込めてしまう。

〝真っ昼間から盛《さか》れないよなぁ……〟

「仕事が終わったのなら、お帰りになったらいかがですか？」

貴志がゆっくりと振り返る。その瞳の意外なほどの冷たさに、森住は思わず後ずさりしそうになってしまう。

〝何で、こんな……〟

見たこともないほど冷たい貴志の目。もともと日本人である森住は、濃い色の瞳を見ることに慣れている。だから、貴志のオリーブグリーンの瞳に、たまにぎょっとしてしまうことがあるのだ。特に、その瞳に甘やかな情欲がにじんでいない時には。

「颯真……」

「今日の遅番は、どなたでしたっけ」

貴志はすっと森住のそばを通り過ぎる。森住は少しうつむいて答えた。

「……佐上先生だよ。何だったら、俺も残ろうかと……」

「いえ」

貴志の冷たい声。

「結構です」

『貴志先生が森住を好きじゃなくなった？』

ふらふらと、開店前の『le cocon』に行った森住に、カウンターの右端に座って、恋人である藤枝が作ってくれる晩ごはんを待っていた宮津は、にこりと可愛い顔で笑って言った。昨日のことだ。

『そんなことあるわけないじゃない』

藤枝が二人にあたたかいラテをいれてくれた。

『貴志先生の目は、いつも森住を探しているし、いつも森住を見ているよ。あんなに露骨に好きオーラ出していいのかって心配になるくらい』

それは少し前のことではないかと、森住は思っている。

「やっぱり……飽きたってことなのか……」

森住は自分の医局のソファに座っていた。まだ日勤が始まるにはかなり早いのだが、何だか眠れなくて、結局いつもより一時間くらい早く出勤してきてしまった。

「颯真、いるかな……」

貴志は夜勤だ。朝までの勤務だから、間違いなくまだセンターにいる。そして、そっと耳を澄ますと初療室は静かだ。あまり他のスタッフと馴《な》れ合《あ》わないタイプである貴志は、時間が空くと医局に戻って、本を読んだり、仮眠を取ったりしている。恐らく、今も医局にいるだろう。

〝でもなぁ……〞

顔を見たい。できたら……キスもしたい。彼のまとう花の香りに、身体を埋めたい。

「俺……颯真のこと、好きなんだなぁ……」

今さら気づいてしまった。

今まではぐいぐいと押されていたから『やらせてやっている』くらいの意識だった気がする。しかし、貴志がすっと引いてしまった今、猛烈な飢餓感に森住は襲われている。

彼の甘い言葉が、体温が恋しい。すっぽりと全身を包み込むような、たっぷりの愛情のシャワーが恋しい。

「すげぇ……好きだ……」

できることなら、このままこの部屋から走り出て、貴志の部屋に飛び込み、彼にすがりつきたい。彼を抱きしめて、溶けるようなキスを交わしたい。しかし。

「また、あんな冷たい目で見られたら……」

背中に氷を押しつけられたようなあの感覚。彼の冷たいオリーブグリーンの瞳に撃ち抜かれた瞬間、森住は一度死んでしまった。もう二度と立ち上がれないくらいのショックで、抜け殻になってしまった。

「……どうしよう……」

もうじき、この部屋を出て、そして、仕事に向かわなければならない。きっと、朝のミーティングで、彼と顔を合わせることになるだろう。でもきっと、自分は彼を見ることができない。またあの瞳で撃ち抜かれたら……。

〝俺、即死する自信ある……〟

深い深いため息をついて、森住はソファに沈み込んでいったのだった。


「肩関節の脱臼《だっきゅう》かぁ……前方だな」

二階の屋根から落ちて、救急車で運ばれてきた患者を目の前にして、森住はがしがしと自分の髪をかき回す。

「もしかして、前にもやったことある？」

患者に尋ねると、こくりと頷いた。五十代くらいの男性だ。

「三回目です」

「あー、もしかして、最初の時、固定が甘かった？」

森住の問いに、患者は再び頷《うなず》く。

「夏だったもんで、三角巾《さんかくきん》で吊《つ》ってるのが暑くて……」

「あのねぇ」

森住はため息混じりに言う。

「わかるけどさ、だめだよ。最初の固定が甘いと、再脱臼しやすくなるんだから。じゃ、とりあえず入れちゃおうか。筧くん、局麻用意して」

「20ccくらいでいいですか？」

「……ほんと君、可愛げがないくらいできる子だね」

ナースの筧は、神城のパートナーだ。神城は可愛い可愛いというのだが、森住からすると、いろいろなことができすぎて、何だかなぁという感じである。

「可愛げなんてなくていいんですよ。仕事さえちゃんとできてれば」

クールに言ってのけ、筧はシリンジに麻酔薬を吸い上げる。

〝この子も、神城先生と二人っきりになれば、甘えたりすんのかね……〟

『le cocon』で、神城と二人で飲んでいるところにもたまに遭遇するが、やはり二人の間にあるのは甘い雰囲気ではなく、何となく世話女房と宿六といった雰囲気なのだ。

「さてと、佐上先生、手伝って」

「もしかして、肩甲骨回旋法ですか？」

佐上がきょとんとしている。

「いや、先生、整形の人だから、コッヘル法かと……」

「痛いもん」

森住はあっさりと言う。

「俺一人なら、コッヘルだけど、先生いるし。手伝ってね」

森住はそう言い、患者の麻酔のために、筧から注射器を受け取った。


センターから一歩出ると、そこはもう秋だ。さらりと吹き抜ける風は涼しいと言うより、もう冷たい。十月ともなれば、よほど晴れた日以外は、半袖で外に出ることはなかなか厳しい。

「ここ、煙草《たばこ》は吸えないんですか？」

缶コーヒーを飲みながら、空を見上げていた森住に声をかけたのは、佐上だった。

「ああ。院内も敷地《しきち》内も一応、完全禁煙。篠川先生はよく煙草くわえてるけど、火は点《つ》けてないはずだよ」

森住はそう言って、コーヒーを一口飲む。香りも何もない缶コーヒーだが、それでも味はする。まぁ、美味しいものを飲みたかったら、『le cocon』にでも行けばいい。バーだが、昼間はカフェにもなる店だ。

「患者さん、帰った？」

「ええ。整形外科に再来にしました」

「ありがとう」

森住はセンターの外壁に寄りかかって、深いため息をついた。佐上がちらりと視線を送ってくる。

「……元気ないですね」

「そうか？」

やっぱり、美味しいコーヒーが飲みたい。ぼんやりと缶を眺めていると、佐上がすっと身体を近づけてきた。微かにふわっとラベンダーの香りがする。

「恋人とケンカでもした？」

今まで敬語を崩さなかった佐上の優しげなタメ口に、森住は思わずこくりと頷いてしまう。

「いや……ケンカにもならないかな……」

「ふぅん……」

佐上がふふっと笑った。明るい栗色の瞳を細めて、彼は森住をじっと……上から下まで見つめる。まるで舐《な》めるようにという言葉がぴったりの見方だ。一瞬、森住は全身がぶわっと粟立《あわだ》つのを感じてしまう。

「ねぇ、森住先生」

「な、何だよ」

佐上の瞳がぎらりと光った。『きらり』ではなく『ぎらり』である。間違いなく。思わず、後ずさりしそうになって、はっと思い直す。

〝な、何怖がってんだよ、俺……っ〟

「……可愛げのない颯真より、俺に乗り換えない？」

信じられない言葉を聞いてしまった。反射的に、森住は飛びすさってしまう。

「な、何……っ」

佐上がすっと一歩近づいてくる。森住の肩に腕を回して、ぎゅっと抱き寄せてくる。その手を慌てて振り払い、森住は壁に張りつくような形になる。

「俺ね」

一人称が変わっている。キュートで愛嬌《あいきょう》のある顔つきが、得体の知れないものに変化していく。佐上はにっと笑った。今まで見せてきた、底抜けに明るい笑顔ではない。笑顔だが、お腹《なか》の中に何か黒いものがありそうな……そんな含みのある表情なのだ。

「颯真とは、幼なじみみたいなもんかな。鎌倉《かまくら》のインターで九年間机を並べてた」

「か、鎌倉なら、俺も……」

「ついでに言うなら」

森住を上から押さえつけるような、強引な物言いで、佐上はさらに衝撃的な告白をしてくる。

「……颯真の初体験の相手が俺なんだ。森住先生、あいつがアメリカにいたの知ってる?」

「それはもちろん……知ってるけど」

「わりと近くに住んでたから、しょっちゅう会っててね。会うたびにセックスしてた。たぶん、あいつとセックスした回数、俺がいちばん多いんじゃないかな。あいつ、相手はたくさんいたけど、同じ相手と二度することはほとんどなかったからな。あ、でも」

佐上はゆっくりと森住に近づくと、近々とのぞき込んでくる。

「今は森住先生だね。あいつ、上手《うま》いだろ? セックス」

〝な、何なんだよ、いったい……っ〟

叫び出したいが、何を叫んでいいのかわからない。ただ、目を見開いて、硬直してしまうだけだ。

「アメリカにいた頃、ずいぶん教え込んだからなぁ」

貴志はあのルックスだし、彼の過去の発言から、かなり奔放な性生活を送っていたことは知っている。しかし、その彼の相手だったという人物には会ったことがない。彼のあの身体を抱いた……もしくは抱かれたという相手には会ったことがなかったから、具体的なイメージを抱かずにすんでいた。彼の過去については、何だか映画とかドラマとか……そんな感覚で、あまり身に迫ったものとして考えたことがなかったのだ。しかし、今目の前にいるこの男と貴志は、身体の関係があったという。それも、彼の言葉を信じるなら、かなり長い間、深い関係を持っていたらしい。

「どうしたの？　そんな……今にも泣きそうな顔して」

彼の手が森住の頬に触れようとしていた。森住は慌てて飛びすさり、センターに駆け込む。背後で笑い声が聞こえる。

ぞっとするような……笑い声だった。


貴志の住むホテル『オテル・オリヴィエ』は、五つ星のラグジュアリーホテルだ。靴音をすべて吸い込むような毛足の長いカーペットが廊下にまで敷き詰められている。木製の扉が並ぶ宿泊棟は、そのドアの間隔から部屋の広さが見て取れる。森住はその廊下を重い足取りで歩いていた。

「おや、森住さま」

ロビーに出て、フロントに顔を出す。めずらしくも、支配人がカウンターの中にいた。貴志を生まれた頃から知っているという、ロマンスグレーの髪が美しいダンディな人だ。

「どうなさいました？　こんなに朝早くにお帰りですか？」

時計は午前五時。ルームサービスの朝食も届かない時間だ。

「……ええ」

森住は頰を引きつらせないよう努力しながら、微笑《ほほえ》んだ。

「仕事が……あるもので」

「そうでございましたか。少しお待ちいただけたら、早番のレストランスタッフがもう出てきておりますので、簡単なモーニングをご用意いたしますが」

「い、いえ」

森住は慌てて首を横に振る。

「颯真がいないのに、俺が甘えるわけにはいきません。俺は……」

ふと、口ごもってしまう。

〝俺は……何なんだろう〟

昨日、日勤が終わってから、ふらふらとこのホテルに来てしまった。本来であれば、宿泊客ではない森住は、貴志がいなければ、宿泊棟には入れないはずなのだが、なぜか顔パス状態になっていて、フロントにひょいと顔を出せば、カードキーが出てくる。もちろん、常にキーを持っている貴志とは違い、帰る時には必ず返却しなければならないのだが。

「支配人」

森住はふと言ってみる。

「俺は……どういう存在として、颯真……貴志先生のお部屋に入れるんでしょうか」

「はい？」

支配人はきちんと背筋を伸ばして、姿勢良くカウンターの中に立ち、森住を柔らかな眼《まな》差《ざ》しで見つめている。

「森住さまは、颯真さまの大切な方です。颯真さまにとって大切な方なら、私たちにとっても大切な方です。ただそれだけでございますよ」

「でも……」

「一つ付け加えさせていただくなら」

支配人は穏やかに言葉を継ぐ。

「私たちは、お客さまの意向に沿うのが仕事でございます。たとえご家族でも、恋人でも、お客さまがお部屋にお通しすることを希望なさらないなら、どんなことをしても、お止めいたします。逆に、お客さまが希望なさるなら、どんな方でもここをお通しいたします。森住さまは、颯真さまが……私がずっと大切に見守ってきた颯真さまが『私が部屋にいなくとも、彼だけは通してください』と仰った方です。ですから、私は颯真さまの意向に沿うだけです」

〝その約束は……今も生きているということ……なのか？〟

森住は無言のまま、ぺこりと支配人に頭を下げ、カードキーを返した。

「行ってらっしゃいませ」

支配人の静かな声を背中に、森住はホテルを出る。

貴志は……昨日はオフで、今日の日勤に入るはずの貴志は、ついにホテルに戻ってこなかったのである。

このホテルに居を定めてから、森住に黙って外泊など一度もしたことのない貴志は、いったいどこで眠ったのだろうか。

〝俺は……今も本当に……颯真の大切な……存在なんだろうか〟


「……おはようございまっ」

「遅い」

のろのろとした足取りでセンターに入り、医局の廊下を歩いていた森住は、突然開いたドアにぶつかりそうになって、情けなくも、その場に尻餅《しりもち》をついてしまった。上から容赦なく罵倒《ばとう》してくれるのは、もちろん鬼のセンター長殿だ。

「何ふらふらしてんの。ちゃんと寝てるの？」

「……は、はは……」

笑うしかない。昨夜は、みっともないことに一睡もできなかった。貴志の部屋で、貴志を待って待って待ち続けて、ワインを二本も空けてしまい、二日酔い気味の上に寝不足も重なって、意識を保っているのが不思議なほどだ。

「だ、大丈夫です。仕事はちゃんとできますから……」

「呂律《ろれつ》回ってないよ」

一言でぶった切ると、篠川は一度医局に戻り、すぐに出てきた。手にはキンキンに冷えたイオン飲料のペットボトルを二本持っている。まだ座り込んだままの森住の頭に、どんっとペットボトルを落とす。

「いてぇ……」

「とりあえず、それ一本飲んでから出てきて。それから、顔もしっかり石けんで洗って、三回くらい気合入れて。いいね」

「は、はぁい……」

さっと風のように去っていく篠川の背中を見送って、森住は深い深いため息をついて、よっこらしょと立ち上がったのだった。

森住が初療室に出たのは、十分後だった。わりと真面目《まじめ》な性格である森住は、ちゃんと篠川の言いつけどおりイオン飲料を飲み干し、顔を洗って、着替えた。白衣の魔力は大したもので、着替えてしまうと、ちゃんと頭はクリアになり、身体もしゃんとした。

「よう」

まだ濡《ぬ》れている髪を気にしていると、後ろに立った神城がぽんと軽く背中を叩いてきた。

「おはようございます」

「どうした？　目がうつろだぞ」

「そんなことないです」

やだなぁと空々しく笑いながら、森住はそっと視線を巡らせて、恋人を探す。

貴志はいつものようにすっきりとした表情で、電子カルテをのぞき込んでいた。知的にきりりと引き締まった横顔を見つめると、何だか泣いてしまいそうになる。

全然変わっていない。何だか、森住の心はどろどろと淀《よど》んでしまっているのに、彼は相変わらずきんと澄み返った雰囲気のままだ。

〝颯真……〟

「貴志先生」

明るく跳ねるような声に、森住はびくりと肩を揺らせてしまった。貴志の肩を叩き、にこにこと顔を寄せたのは、佐上である。あってはならないことだが、森住の頭の中に、二人の絡み合う姿が浮かんでしまう。

帰ってこなかった貴志。彼の初めての相手だと公言し、彼と幾度もセックスを楽しんだと言う佐上。

「……顔が怖いぞ」

神城が完全に引いているのはわかったが、やはり、平常心を保つには、まだまだ修行が足りない。

「この顔はもともとです」

少し吐き捨てるようになってしまったなと思ったが、どうにもならない。

〝神城先生、ごめんなさい……〟

「はは……」

それでも軽く笑ってくれるのがありがたい。そこに救急搬入口の上の赤いランプがついた。道路と病院の敷地の境目にセンサーがついていて、反応するのだ。

〝そういや、今月から稼働したんだっけ……〟

ぼんやりと赤いランプを見上げていると、後ろから尻を蹴《け》り飛ばされた。

「ってえっ！」

「呆《ぼ》けてんじゃない」

厳しい声は、当然のことながらセンター長の篠川である。

「六十代女性、ＪＣＳ三桁《けた》、瞳孔《どうこう》散大、対抗反射なし。来るよ」

「……はいっ」

深刻な意識障害だ。森住の頭に、いくつかの疾患が浮かぶ。

〝脳血管障害か、心疾患か……〟

「救急車、入ります！」

初療室が全力で走り出す。


「ＪＣＳⅢ－２００、血圧１４０／80。脈拍88整」

「筧くん、ルート取れたら……」

「血糖取ります」

経鼻エアウェイで気道を確保すると、すぐに点滴のためのルートが取られ、血糖の検査が行われる。

「……血糖１６９です」

「低血糖はなしか」

重度の意識障害である。次々に検査をオーダーし、さまざまな疾患を否定していく。

「採血終わりました。大至急で検査に回します」

「胸腹部レントゲンと心電図、ＯＫです！」

佐上の張り切った声。

「森住先生、見ていただけますか」

少しためらってから、森住は覚悟を決めたように、さっと佐上の元に近づいた。

「……貴志先生、ＣＴ行ってもらっていいですか」

センターの初療室には『主任』というシフトがある。そのシフトに当たった医師は、初療室を仕切ることになり、他の医師はその指示に従う。今日の主任は森住であり、初療室の担当になっている貴志と佐上、神城に指示する立場なのである。

「わかりました」

貴志は淡々と答えると、ナースの筧に軽く頷く。

「筧さん、行きますよ」

「はい」

重度の意識障害なので、患者には医師が付き添って、頭部ＣＴに向かう。森住は貴志のすっきりと伸びた背中を見送ってから、さっと軽く頭を振って、意識を患者の疾患の特定に向けた。

「ＣＴ次第とは思いますけど」

佐上がはきはきとした口調で言った。

「急性脳幹梗塞と見ます」

「……何で？」

森住は自信に満ちた表情の佐上を見やった。佐上はさっと手を伸ばすと、検査結果が入力されているカルテをスクロールした。

「眼位は正中固定で、頭位眼反射なし。瞳孔は正円同大3・5㎜で、動揺あり。対抗反射は両側鈍。この神経所見どう見ますか？」

「どうって……低血糖否定で、除脳硬直も……あるみたいだね」

「心電図でも、胸部レントゲンでも、心機能に異常は見られません。やっぱり、これは脳幹梗塞だと思います」

「……でもさ」

森住はビューワーに表示されている胸部レントゲンを軽く指先でなぞった。

「縦隔が……拡大している気がしない？」

「何㎜ですか？」

佐上の問いに、森住はビューワーに付属しているスケールで、縦隔の幅を測定する。

「79㎜かな」

「正常範囲ですね」

佐上はどうだとばかりの顔をしている。そこにリストが更新されて、新たな画像が追加された。

「あ、ＣＴ入ってきましたね。えーと……出血巣はなしと。陳旧性脳梗塞の所見のみですね」

「ＭＲＩ撮りたいな」

　森住はざっと頭部ＣＴを見る。脳幹梗塞はＣＴでは判断できない。これはＭＲＩの守備範囲だ。すぐにポケットからＰＨＳを引っ張り出して、ＣＴ検査室にいる貴志に連絡する。

「……森住です。ＭＲＩ撮って……え？　だめ？　あ……そっか、入れ替えで使えない……今日からだっけ？」

　やっぱり、頭の回転が鈍っている。貴志の冷静な声が耳の奥に響く。

『今、筧さんに病院の方も聞いてもらいましたが、あちらも塞がっているそうです。いったん、そちらに戻ります』

「……了解。患者さんは変わりないか？」

『問題ありません』

　クールな声が響いて、そして、電話は切れた。まるで、二人の間の何かを断ち切るように。

森住は時計を見上げていた。センターの壁には、大きな時計が二つ掛かっている。どこから見ても、しっかりと時刻が確認できるようにだ。

「もう発症から九十分になります！　ｒｔ－ＰＡの投与はまだなんですか」

佐上が挑むように、森住を見ている。

「脳幹梗塞を改善させるための血栓溶解を試みるなら、もうギリギリです。さっさとやらないと、意識障害はよくなりません。患者さんの予後に影響します」

「でも、血栓溶解に伴うリスクについて、ご家族の同意が取れてないし、第一、ＭＲＩもまだ撮影できていない。確定診断がつかない以上、無茶はできない」

患者家族との連絡がつかないまま、時間は過ぎていた。患者は独居で、北海道《ほっかいどう》に娘がいるとのことだが、なかなか連絡がつかないらしい。

「家族の同意なんか、どうでもいいじゃないですか」

佐上が言い放った。初療室の電子カルテとビューワーを前にして、森住と佐上は対峙《たいじ》していた。貴志は少し離れたところで安静にしている患者の様子を見ている。

「取り返しのつかないことになったらどうするんですか。このまま、手をこまねいているのが、日本の救命救急センターのやり方なんですか。患者を救うことより、訴えられないことの方が大事ですか」

「そんなことあるわけ……っ」

「アメリカだったら、とっくにｒｔ－ＰＡを流してますよ。今頃、患者さんは意識を取り戻しています。あの患者さんが日本に生まれてしまったことが残念ですね」

「アンヘル」

熱くなる二人の間に、すっと冷たく澄んだ風が吹いたようだった。森住と佐上は同時に振り返る。そこに静かに佇《たたず》んでいたのは貴志だった。

「ここは、君の言うとおり、アメリカではありません。アメリカのメソッドは通用しないと思ってください。ここは日本なんです」

そして、貴志はゆっくりと森住に視線を向ける。

「森住先生、病院の方のＭＲＩを空けてくれたそうです。すぐに撮像できます」

「……貴志先生、お願いできますか」

森住の言葉に、貴志は柔らかく頷く。

「承知しました。画像はすぐにこちらに送ってもらいます」

「お願いします」

すっと踵《きびす》を返《かえ》した貴志の後を、佐上が追っていく。森住はきゅっと唇を嚙《か》みしめると、電子カルテを起動して、サマリーを書き始めた。

ビューワーには、頭部ＭＲＩとなぜか胸部ＣＴの画像が入ってきていた。

「………」

「これが日本のやり方です」

貴志の静かな声が響く。

「わかりましたか？　佐上先生」

「……そのドヤ顔、やめてくれない？」

佐上ががりがりと癖毛をかきむしる。

「悪かったよ。僕が悪かった。結果を急ぎすぎた」

「まぁ、佐上先生も患者を思ってのことだったんだからさ」

何で俺がと思いながらも、あまりに貴志の顔と口調が怖いので、つい間に入ってしまう森住である。

緊急に行った患者の頭部ＭＲＩは意外な結果だった。脳幹梗塞はまったく見られず、拡散強調画像で、両側大脳に広範な虚血が見られた。つまり、総頸動脈《けいどうみゃく》が閉塞しているのである。その画像を見た森住は、すぐに胸部ＣＴを撮影するように、貴志に依頼した。そして、結果は。

「俺だって、最初からわかってたわけじゃないし」

患者はStanford A型の急性大動脈解離と両側総頸動脈閉塞だった。

大動脈解離に、血栓溶解のｒｔ－ＰＡは絶対の禁忌である。もしも、森住が佐上に煽《あお》られて、慎重さを欠いていたら、患者はとても危険な状態になったはずだった。

「終わり良ければだよ。患者さんも小康状態になったし」

患者の意識はまだ戻らないが、全身状態は安定したので、血管外科に渡して、センターを出た。

「……英輔は優しすぎます」

貴志がぼそりと言った。

「え」

久しぶりに貴志に呼ばれたファーストネームに、胸がきゅんとしてしまうのが、自分でも情けない。

「颯真……」

すっと貴志がそばに寄ってきた。懐かしい華やかな花の香り。思わず手を伸ばして抱きしめたくなってしまうが、いくら何でも、ここは初療室である。医局ならまだしも……と思ってしまう自分が少し怖くなる。

〝俺もたがが外れ始めてんのか……？〟

ところ構わず盛るのは、恋人の専売特許と思っていたのに、どうやら自分にもしっかり伝染してしまっていたようだ。

「今夜、私の部屋に来てくれますか?」

「え……」

ずずんと思い切り落ち込んだ、哀《かな》しい一夜を過ごしたあの部屋に。森住の複雑な表情に気づいたのか、貴志が見たこともないほど優しい顔をした。この場でがばっと抱きつきたくなるほど優しい表情だ。美しいオリーブグリーンの瞳をわずかに細め、口元が微かに微笑んでいる。

〝こんなに……優しくて、切なそうな顔……見たことない〟

思わず手を伸ばして、その頰に触れそうになって、森住は慌てて手を引っ込める。

〝あぶねぇ……〟

「……待っていますから」

貴志の手がそっと伸びて、森住の腕に触れる。まるで確かめるように、森住の上腕に手のひらで触れ、すうっと滑らかな仕草で撫《な》で下《お》ろす。たったそれだけのことなのに、身体の奥がわずかに疼《うず》いてしまう。

「わかった」

こくりと頷いて、森住ははっと顔を上げる。

二人のやりとりの一部始終を見ていた佐上は、にやりと不気味としか言いようのない笑みを浮かべていたのだった。

ドアに手をかけた瞬間、少しだけ指先が震えた。

もしも、この向こうに誰もいなかったらどうしよう。また一人の夜を過ごすことになったとしたら。

そっとカードキーをスリットに滑らせて、ドアハンドルを引く。がちっとした手応《てごた》えがあって、ドアが開いた。

「こんばんは、森住先生」

すぐに聞こえた声に、森住はぴたりと凍りつく。

〝何で……っ〟

「やだなぁ。そんな顔しないでください。可愛すぎて、いじめたくなるから」

ドアのところから見えるソファに座っていたのは、佐上だった。名前は天使なのに、そのにやけた表情は、はっきり言って悪魔に見える。

「英輔」

すっとソファの陰から現れたのは、貴志だった。佐上の向かいに座っていたらしい。彼はそっと森住の手を取ると、まるでプリンセスをエスコートするようにして、自分の隣に座らせる。

テーブルの上には、夜だというのに、コーヒーとクッキー、プチケーキが並んでいる。

〝酒がない……〟

嫌な予感しかしない。森住は頬を引きつらせて、向かいに座る佐上を見た。彼は妙に余裕のある表情だ。そして、そっと盗み見た貴志は、冷たい無表情である。元の作りが恐ろしく整っているので、表情をなくすと本当に人形のように見えて、怖いくらいだ。

「まずは事実だけを話します」

口火を切ったのは、その貴志である。

「こいつがどんな言い方をしたかは知りませんが、私とこいつ……アンヘルは鎌倉のインターで九年間一緒に学びました。……いい言葉を使っています。そんな可愛いもんじゃありませんでした。ありとあらゆる悪い遊びをしました。やらなかったのは犯罪と呼ばれるものくらいでしょう」

貴志は抑揚のない口調で言う。

「初めてセックスした相手もこいつです。何で、そんなことしようと思ったのか。まぁ……好奇心でしょうか。誰よりも早く経験してみたかった。ただそれだけ。相手は誰でもよかったんです。たぶんお互いに」

「おい、颯真」

不満げな佐上をさらりと無視して、貴志は言葉を続ける。

「あなたも知っているとおり、私は高校から日本の学校に移りましたが、アンヘルはインターでハイスクールまでを終えて、アメリカの大学に進みました」

「俺の両親は、俺が大学に入る時に離婚してね。俺は父について、アメリカに渡った。母はスペインに帰ったよ。今も年に何回か会ってる」

佐上はまだ笑顔のままだ。

「私がインターを卒業して、日本の高校に通い出してからはたまにメールをやりとりする程度でした。彼がアメリカに渡ってからは……そのメールも年に一度程度でしたね」

「でも、颯真がアメリカに来てからは、昔の関係に戻ったんだよね」

「前にも言いましたが、スポーツのようなものです。たまに会って、食事をして、セックスする。アメリカにいる時は、それなりにストレスもありましたので、それを解消するには、彼はいい相手でした。行きずりの相手とベッドを共にして、殺されては困りますし、病気をもらっても困ります。アンヘルなら、これでも医者ですから、妙な病気は持っていないでしょうし、危ない性癖もない。よく眠るためにセックスをするには、いい相手でした」

ものすごいことを言っているのだが、貴志の滑らかな声と静かな口調だと、何だか子守歌でも聴いているようだ。

「私が日本に帰ってきて、アンヘルとの関係は元に戻っていたのですが、彼から突然日本に行く、センターに研修に来るとメールが来た時には、本当に驚きました。篠川先生に確認してみたら、海外研修を希望して渡米した井端《いばた》先生と交換の形だということでした。アンヘルがこちらの医師免許も持っていて、即戦力になれるということだったので受け入れると、篠川先生は仰っていました」

そこで佐上がはーいと手を上げる。

「颯真ったら、日本に帰った途端に、ほとんど音信不通になっちゃってさ。この前、ニューヨークに来た優真に聞いたら、ラブラブの恋人がいるって言うじゃない。それもインター時代に一目惚《ひとめぼ》れした子だっていうから、ああ、それならあの子かなって」

「え」

森住は思わず佐上を見てしまう。彼は森住に向かって、にっこりと笑って見せた。

「君は目立っていましたからね、森住先生。明るくて、可愛くて。俺たちのクラスの女の子たちは、みんな君のファンだったな。いや、女の子だけじゃないか。みんな、君が好きだった。中でもいちばんご執心だったのが、颯真だったな。交流会のたびに、視線が追いかけてた」

「そう……だったんだ」

中学生の頃の森住に、貴志が一目惚れした話は知っていたが、まさか、それが周囲にも知られていたとは。

「颯真がセックスのテクニックを磨いたのって、結局は君のためだからね、森住先生。颯真は口の上手い方じゃないから、このルックスとセックスのテクニックで、君を落とすつもりだったんだろうな」

「いや、口も十分に上手いと思うけど……」

正直に言ってしまってから、森住ははっと口を閉じる。一瞬、森住を見つめてから、佐上が爆笑した。

「君を今トロトロにしている颯真のセックスのテクニックは、全部俺が彼に教えたものだからね。まぁ、俺が君を抱いているようなもんかな」

「え」

ものすごい寒気に襲われて、森住はソファの上でお尻をもぞもぞさせて、後ずさりしていた。

貴志だから許せるのだ。貴志だから抱き合えるし、キスもできるし、セックスもできる。他の男に抱かれるなんて……考えるだけでぞっとする。

「いや、それは……っ」

「下手くそな上に、やたら早くて、次々に恋人やら愛人やらに逃げられて、そのたびに泣きついてきたのは誰だったかな」

いきなり言葉の刃を抜いたのは貴志だった。半眼になったオリーブグリーンの瞳が怖い。さっきまで余裕の笑みだった佐上の顔が、一瞬にして強《こわ》ばった。

「そ、颯真……っ」

「自分だけ気持ちよくなって、自分だけ勝手にイクようなセックスを私はしていません。まぁ、そういう意味では、君は反面教師として、大変に優秀でしたが」

顔色一つ変えずに、貴志は静かに罵倒する。

「君を自分の学習の叩き台として利用したことは否定しません。君は確かにいい実験材料でした。どうにもならないくらい早い君を、少しでも長持ちさせるためにいろいろと工夫したおかげで、今、たっぷりと英輔を可愛がって、泣かせることが……」

「うわぁっ！」

思わず、森住は叫んでしまう。何を言っているんだ、こいつはっ！

「颯真っ！」

「英輔、この人は……アンヘルは、また恋人に逃げられたんですよ。しかも、いちばん長く……と言っても、半年かな？　つき合ってた恋人にね。その傷心を癒《い》やすために、私たちに嫌がらせをしに来たんです」

「……優真か」

佐上は赤くなったり、青くなったりしている。

「優真だな……っ」

貴志はにっこりと完璧に、美しく微笑んだ。表情がなくても美しいのだから、完璧な微笑みを浮かべた貴志颯真の美しさときたら、無敵すぎて、もうどうにもならない。ただ見とれるしかない。諸手《もろて》を挙げて、降伏するしかないではないか。

「ええ、あれは耳がよくてね。人が聞かれたくない話ほど聞き込むのが上手いんです」

そして、甘く柔らかな声で言葉を継ぐ。

「恨み言を言われる筋合いはありませんし、むしろ感謝してほしいくらいです。『あのバカ、全然成長していないから、尻蹴り飛ばして、叩き出せばいいよ』と言ってきた優真に対して『あんなバカでも、一応幼なじみだったりするから、愚痴ぐらい聞いてやろうと思う。バカだから、ほっとくと私の大切な英輔に粉とか何だとか、いろいろとかけそうだから』と言ってあげたんですから」

〝すげぇ……〟

貴志は毒を吐くことが多いが、ここまで淀みなく罵倒するのは聞いたことがない。わりと一言でぶった切るタイプで、これほど立て板に水で罵詈《ばり》雑言を連ねるのは、初めて聞いた気がする。

「英輔」

今にも、頭の血管がブチ切れるんじゃないかというほど、真っ赤な顔をしている佐上をほっといて、貴志は隣で固まっている森住に向かって、にっこりととろけそうな笑みを見せる。

「申し訳ありませんでした。あなたがここで一人の夜を過ごしたと、支配人に聞きました。寂しかったでしょう?」

「い、いや、そんなこと……」

〝あるけど〟

森住は、両親に顧みられることなく育っている。森住が生まれた時には、すでに不仲だった両親は、幼い森住を可愛がらなかった。母は父そっくりの森住を嫌って、育児放棄をしていたし、小児科医として多忙を極めていた父は、ろくに家にも帰ってこなかった。

ネグレクトとして、児童相談所に通告されて、森住は父の実家に預けられることになった。そんな子供時代を過ごしている森住だ。ひとりぼっちにされることには慣れているはずなのだが、あの夜はどうにもならないくらい寂しかった。決して優しいばかりではない怖い恋人だが、貴志は間違いなく森住を愛してくれている。あなただけだと囁き続け、痛いほどの愛を惜しみなく注いでくれる。

「この馬鹿野郎をここに入れることはしたくありませんでしたので、彼の住んでいるウィークリー・マンションで、一晩中、つまらない愚痴を聞いていました」

「つ、つまらないって……」

言葉のパンチでぼこぼこにされて、すでに佐上は涙目で、意気消沈である。

「颯真……」

「アンヘル、あなたがなぜ恋人にふられるのか、わかりますか？　それはセックスの下手さもありますが、あなたは恋人に愛していると伝えていないからです」

すでに、貴志は佐上を見ていなかった。すぐ隣に座る森住だけをじっとまっすぐに見つめている。

「あなたが恋人に求めるのはセックスだけで、ただ一緒に時間を過ごすことを楽しもうとはしていない。会えばすぐにベッドに行こうとするだけで、食事や会話を楽しもうとはしない。そんなところが、みな嫌になってしまうんですよ」

「いや、だって……」

佐上は何を言われているのかわからないという顔をしている。

「恋人って……そういうもんじゃ……」

「あるわけないだろ」

森住は思わず口を挟んでしまう。

「セックスなんて付属品だよ。結果として、ベッドにたどり着くんであって、そこに行くまでには、ごはん食べたり、映画見たりしてさ、相手がどんな人かを知って……それでどんどん好きになって、最終的に裸を見せても大丈夫だし、セックスして、恥ずかしいところを見せても大丈夫だってところにたどり着くんだ。そりゃ、ベッドから始まる恋もあるかもしれないが、それだけだったら、それは……恋じゃないよ。そんなの……」

「風俗みたいなものですね。しかも無償の」

ばっさりである。

貴志はすっと佐上に向き直った。オリーブグリーンの瞳が、幼なじみを冷たく見据える。

「もしも、あなたが私と英輔の関係をそんな風に見ていたとしたら、それは大いなる侮辱です。私がなぜ、アメリカから日本に戻ってきたのか。私が英輔をベッドに連れ込むだけのために、わざわざアメリカでの生活を捨てて、日本に戻ったとでも？」

貴志はすっと立ち上がった。武道をたしなむ彼は、動きのすべてがシステマティックで、無駄がない。

「そ、颯真……？」

貴志がすうっと指を指す。長い指で、佐上の顔を指さす。

「Get away!」

いや、呼んでおいてそれはないだろうと森住は思うが、これ以上ここにいても、佐上にとっていいことはなさそうだ。それは佐上もわかったらしく、のろのろと立ち上がると、びしょ濡れになった犬のようにしょんぼりとドアに向かう。

「颯真」

　ドアに手をかけて、佐上が振り返る。

「You don't hate me?」

「I don't hate you」

　貴志は素っ気なく答える。しかし、次の瞬間、貴志の表情が劇的に変わった。まるで花が開くように美しく、華やかに微笑んだのだ。

「However, I don't like you」


　ドアがぱたんと閉じ、貴志がふっと軽いため息をついた。

「めずらしい……」

　森住は思わずつぶやいてしまう。

「颯真がため息つくなんて」

「あなたは私を何だと思ってるんです？」

　貴志はどさりとソファに身体を投げ出した。そのまま、まるで甘えるように、森住に寄り添ってくる。懐かしささえ感じる柔らかなぬくもりに、森住はちょっと泣きそうになってしまう自分に驚いていた。

〝俺、ものすごい寂しがりになってないか？〟

「あんな馬鹿者でも、大事な幼なじみなんです。大事だと思ってきたから、愚痴も聞いてきましたし、恋愛関係のトラブルを起こしまくる彼をフォローもしてきました」

「あのさ……」

森住は、少し疲れた感じの貴志の顔を近々とのぞき込む。

うん、やっぱり俺の恋人は最高にきれいだ。

「……前に佐上先生にも聞いたんだけどさ……」

「アンヘルにも？　あいつ、あなたに何か言ったんですか？」

何かじゃねぇよ！　と心の中で突っ込みつつ、森住は言った。

「……颯真の……初めての相手が……」

「ああ……それですか」

貴志はさらりと応じた。

「早いところ、いろいろなことを覚えたかったし、あなたのためにも、エキスパートになる必要がありましたから」

「俺の……？」

「ええ、あなたの」

貴志はそう言うと、森住の顔を上目遣いに見た。超絶美形の上目遣いの破壊力は凄《すご》い。

蠱惑《こわく》の瞳で見つめられたら、もうその唇に唇を寄せていくしかない。

「……っ」

久しぶりに味わう甘い唇。愛し合っている恋人同士が、軽く唇を重ねるだけで満足できるはずもない。いつの間にか、森住はソファに倒されるようにして、貴志と抱き合っていた。お互いを離すまいと強く抱きしめ合って、吐息も微かに洩《も》れる声も、すべてを飲み込み、貪《むさぼ》り合う。

「こんなキスも……」

つんと尖《とが》った形のいい鼻先にキスしながら、森住は笑う。

「佐上先生と練習したのかよ」

「彼とキスなんかしたことありませんよ」

貴志は森住の髪に指を埋めながら言った。

「私は愛している相手としかキスはしないことにしているんです」

じゃあ、今までいったい何人とキスしたんだと言いかけて、森住は言葉を飲み込む。

過去に嫉妬《しっと》したってしかたがない。どうがんばったって、彼の初体験の相手にはなれないのだ。それは貴志だって同じことで、お持ち帰りの帝王だった森住の今までの相手すべてに蹴りを入れたいだろうが、それもかなわないことだ。

そんな無駄な悩みに時間をかけるくらいなら、今ここで、愛し合った方がいい。どろどろになるくらい一つに溶けて、お互いを貪り合って、それぞれの中に自分を刻みつけた方がいい。

「……ベッドには行かないのかよ」

さすがにソファは狭すぎる。ソファでしようと思ったら、上に乗っかるしかない。いやそれでも、思い切り楽しんでしまったら、転げ落ちそうで、落ちたら落ちたで被害甚大だ。

実にありがたいことに、ラグジュアリーホテルのリビングには、ふかふかのラグが敷いてある。カーペットだって、毛足が長くて、ふわふわだ。

「もう、待てません」

着ていた薄手のセーターを脱ぎ捨てて、貴志が言った。瞳ににじむ情欲の炎がゆらゆらと揺らめいて、引き込まれるような美しさだ。彼の瞳を見つめたまま、森住は自分のシャツのボタンを外した。シャツのフロントを大きく広げると、貴志が素肌に唇を這《は》わせてくる。

「あなたの香りだ」

貴志はよく言う。森住の身体はくらくらするくらいいい匂いがするのだと。

「颯真の……匂いだ」

二人の間を隔てるものがもどかしくて、まるで剝《は》ぎ取《と》るようにすべて脱ぎ捨てる。隙間《すきま》

なくぴったりと素肌を合わせると、どちらともなく深いため息が洩れた。

「……ずっと……こうしたかった」

初めからこのためにデザインされたかのように、二人の身体はぴたりと嚙み合う。

「颯真がそばにいないと……あんなに寂しいなんて……」

「私も同じでした」

飽くこともなくキスを交わしながら、二人は体温と言葉を分け合う。

「彼をあなたに近づけたくなくて、結果的に私もあなたから離れざるを得なくなって、苦しくて苦しくて、気が違いそうでした。あなたを見つめるたびにもっともっと苦しくなった。あなたに触れられないことが、こんなに苦しいことだなんて、思わなかった」

俺たちは少年の日の初めての出会いから、こうしてここで再び巡り会うまで、どうやって生きてきたのだろう。

「……颯真」

森住は恋人の背中に腕を回す。

「……早く……来いよ」

たまらなくおまえがほしい。おまえの熱が、おまえの心が、おまえのすべてがほしい。この身体の中にすべて取り込んで、そして、もう二度と離したくないくらいに。

「悔しいですが」

貴志が少し眉間《みけん》に皺《しわ》を寄せるような表情になる。

「あなたの中に入ったら……すぐにイってしまいそうだ」

「一度ですます気かよ」

森住は笑う。

身体を繋《つな》ぐ形に突き進みながら、それでも、互いの素肌に触れ、口づけを交わし、愛しているとその指先で、唇で、身体で囁き合う。

「……いいえ」

森住の引き締まった腰をぐっと高く抱え上げ、貴志は白い犬歯をのぞかせて、微笑む。

「あなたが許しを請うまで」

もうわかったから。愛されてるのは十分にわかったからと。

「……っ！」

一気に突き入れられて、思わず仰《の》け反《ぞ》ってしまう。

「ああ……っ！」

「ああ……あなたの中は……やっぱり最高だ……」

続けざまに激しく突かれて、一瞬意識が飛びそうになる。

「あ……あ……っ！　そう……ま……っ」

「英輔……英輔……っ」

一気に駆け上がる。焦《じ》らすことなんてできるはずもない。飢えて餓《う》えて、ほしくてしかたのなかったものだ。貪り尽くす。奪い尽くす。楽しみ尽くす。

「もっと……奥の……方ま……で……っ」

「そんなに……きつく絞り上げないで……」

「おまえのが……大きすぎ……あ、そこ……いい……っ！」

身体で刻むリズムが早まっていく。最高の高みに駆け上がる。

「ああ……いい……すごく……いい……」

あられもなく大きく身体を開き、腰を高く上げて、はしたなく振り立てる。たまらない。もう……おかしくなりそうだ。自分が今、どんな格好で、何をしているのか、何をされているのか、わからない。ただ。

「颯真……そう……ま……すご……い……っ、あ……すご……い……っ！」

「あなたも……すごい……です。もう……我慢でき……ない……っ！」

彼が叫ぶのを初めて聞いたような気がする。

セックスしている時も、彼はいつも冷静で、森住の身体で遊んでいるような余裕があったはずなのに、今の彼は汗で髪を濡らし、ただ、恍惚《こうこつ》の表情で、森住の中を蹂躙《じゅうりん》する。

「あ……ああ……い……いい……っ！」

軽く仰け反りながら、彼は激しく腰を打ち付けてくる。

「許しを請うのは……」

彼がとろりと潤んだ声で言った。

「私の……方かも……しれません……」

「いい……颯真……すごく……気持ちい……い……」

飛んでしまわないと……もうおさまらないところまで来てしまっている。

早いとか遅いとか……そんなことはもうどうでもいい。

「あ、ああ……っ！」

愛し合う行為に溺《おぼ》れて、意識さえ危うくなる瞬間、そんなことを思う奴は。

恋なんかするな。

二度と。


貴志と森住がベッドにたどり着くまでには、実に二時間以上が必要だった。

「……もう何も出ねぇぞ……」

しっとりと柔らかいシルクのシーツに頬を埋めて、森住は掠《かす》れた声でつぶやいた。

「絞ったって……滓《かす》も出ねぇぞ……」

「絞ってあげましょうか」

どうやら絶倫らしい恋人は、セックスでエネルギーを補充するタイプらしく、満足のいくセックスをたっぷり楽しんだ後は、いつも機嫌がいい。

「……ほんとに絞るな……っ」

後ろから森住を抱き、しんとおとなしく眠っているものをきゅうっとしごいてきた恋人の腕から逃れようと、じたばた暴れてしまう。

「冗談ですよ」

貴志は嬉しそうにくすくす笑っている。

「さすがの私ももう無理です。今日はおとなしく寝ましょう」

リビングで二回。バスルームで一回。ベッドでさらに一回。都合四回もやりまくったのだ。さしもの貴志も弾切れといったところなのだろう。

「……そういえば」

それでも、くったりと眠っている股間《こかん》に手を伸ばしてくる恋人から逃げながら、森住はふと言った。

「なぁ、佐上先生と颯真って……」

どっちがどっちなんだ？

二人がセックスしていたと認めている以上、どちらかがどちらかに挿入していたはずだ。しかし、森住にはどんな形であれ、彼らがベッドにいるところが想像できない。

貴志と佐上は、体格的にほぼ遜色《そんしょく》ない。それは森住も一緒なのだが、何というか……佐上は人に組み敷かれるイメージがない。まぁ、それは森住自身がそうだから、人のことは言うなとも思うが。

「私たちがどうか？」

「いや……何でもない」

下衆《げす》の勘繰りというやつである。人のベッド事情など、どうでもいいではないか。いずれ、攻める方にもなってみたいなと思いつつ、森住は貴志を受け入れることが嫌ではない。いやむしろ……好きかもしれない。彼は間違いなく『上手いし』、何より、森住を愛してくれている。

愛してくれている人を愛することができる幸せ。こんな幸運に恵まれることはそうそうない。いくつもの恋を経験してきた森住は思う。

「……おやすみ、颯真」

「おやすみなさい、英輔」

もう一度だけ、甘くキスを交わして、二人は目を閉じる。

愛し愛され……幸せすぎる相愛で最愛の二人は、幸せな眠りに落ちていったのだった。

佐上アンヘル馨という男は、見た目を裏切らない程度に強靱《きょうじん》な心の持ち主であった。

「さすがに朝は寒いですね」

センターの夜勤明けである。昨日は救急搬入も二件にとどまった穏やかな夜だった。昨日で十月は終わり、今日から十一月だ。

そういえば、佐上の研修は一ヵ月の予定だった。貴志にこてんぱんにやられた後も、佐上が研修を続けたことに、森住は少し驚いていた。

「俺が逃げ帰るとでも?」

出番を待っているドクターヘリを眺めながら、佐上は言った。

「俺がここに来たのは、颯真に会うためだけじゃない。俺が医者だってこと、忘れてないですか?」

「ああ、まぁ……そうだけど」

森住は手にした缶コーヒーをぐっと飲んだ。

「でも、佐上先生ってプライド高そうだから」

「プライドねぇ」

佐上は苦笑している。

「早漏短小だって罵倒されて、プライドもへったくれもないでしょ」

「いや、短小は言ってなかったような……」

言いかけて、森住は口をつぐむ。朝っぱらから下ネタはよそう。

「……ここはどうだった？」

森住は改めて言った。

「ニューヨークで、本物のERを見てきた先生には、物足りなかったんじゃない？」

「正直、初めは」

佐上は言う。

「病院と対等じゃないなって思った。気を遣いすぎてるっていうか……そんなに小さくならなくてもいいのにって思ってました。俺にとってER勤務は、それこそプライドだったからね。医療の最前線を全力疾走しているっていうプライド」

「…………」

森住は、医療を前とか後ろで考えたことがない。医療は医療だ。必要な人に必要な医療を届ける。それが自分たち医師の仕事だと思っている。

「でもね、ここで働いているうちに何かわかったんだよね。ここの人たちの考え方っていうか……仕事に対する姿勢みたいなものが」

「仕事に対する姿勢？」

森住の問いに、佐上は頷く。

「センターの人たちは、病院に気を遣ってるんじゃない。患者を気遣っているんだって。

患者に一刻も早く治療を受けてもらうために、病棟に自分たちで搬送する。一刻も早く、確定診断を下したいから、病院の機器を使う時には、自分たちで患者を運んでいく。そんなシンプルな理由なんだね。それに気づいた時は、ちょっとした衝撃ではあったけど」

アメリカはユニオンが発達しているせいか、分業が徹底していて、自分のフィールドからは一歩たりとも踏み出さないような雰囲気がある。しかし、センターでそんなことを言っていたら、あの恐ろしいセンター長にケツを蹴り上げられる。

「何か、学ぶものはあった？」

森住の問いに、佐上は間髪いれずに頷く。

「山ほど」

「それはよかった」

森住は心からほっとする。自分たちが悩みながら、試行錯誤しながら日々行っている医療が認められた。学ぶものがあると言ってもらえた。それは確かに嬉しいことだ。

「先生、昨日で研修終わりだったんじゃなかったっけ？　確か、今日から井端先生も出てくるはずだし」

アメリカに研修に行っていた井端と、この佐上は交換の形だったのだ。

「あー、まぁ、そうだね」

佐上は少し曖昧《あいまい》な言い方をして、にっと笑った。

「何？　お別れ会でもしてくれるの？　サプライズとかで」

「いや、センターは篠川先生の方針で、職場としての飲み会はしないことになってるから」

センターは年中無休という勤務体系のため、全員が揃っての飲み会は不可能だ。

『どうやっても不公平になるんだから、そんなのしない方がいいよ』

篠川という人は、合理性の塊で、物事に線引きするのが早く、また容赦がない。

「そんなわけで、ちょっと寂しいかもしれないけど。何だったら、アメリカに帰る前にメシでも行く？　美味い店、知ってるからさ」

「……そうだね」

佐上が頷いた時、センターのドアが開いた。日勤の貴志が顔を出す。

「佐上先生、森住先生。朝のミーティングですよ」

「ああ、今行く」

佐上が元気に返事をする。

「行こう、森住先生」

「あ、ああ……」

帰国の挨拶でもするのか、何だか、佐上が張り切っているように見える。

〝帰るのに張り切るのか？　ああ、やっぱり帰国は嬉しいのかな……〟

背中にあたたかい朝日を浴びながら、二人はセンターに戻ったのだった。

ずらりと揃ったスタッフの前に立つのは、いつものように颯爽としたセンター長、篠川だ。

「おはよう」

「おはようございます！」

夜勤からの持ち越しもなく、スタッフは夜勤者、日勤者共に全員揃っている。

「はい、じゃあまず、衝撃のお知らせを一つ」

篠川が言った。

「昨日でさよならだったはずの佐上先生、まだいるんだけどね」

「篠川先生、その言い方、ひどいです」

佐上が異議を申し立てるのを、篠川はあっさり無視する。

「何か、もっともっと日本の救急医療を学びたいんだって。所属元のERからもOK出ちゃったっていうから、もうしばらくいるらしい。ま、こき使ってやって」

〝何だってぇ……っ！〟

思わず、大きく目を見開いて佐上を見ると、彼は人の悪い……天使どころか悪魔の笑みを浮かべて、森住を見ていた。

「末永くよろしく」

「……日本語の意味、わかって使ってる？」

呆《あき》れたように言って、篠川がさっと手を振る。

「というわけで、森住先生、よろしくね」

「よ、よろしくって……っ！　まだ俺ですか……っ」

はっとして貴志を見ると、怖い怖い半眼でこっちを見ている。

〝俺のせいじゃない……っ！〟

愛の嵐《あらし》はまだまだ吹き荒れるようだ。

最愛の魔王になだめる視線を送って、森住はため息をつく。

愛に必要なのは、忍耐でも、情熱でもない。

愛に必要なのは……体力と気力だ。

聖生会中央病院付属救命救急センターの一日が始まる。

そして、俺たちの新しい一日も。

あとがき

こんにちは、春原《すのはら》いずみです。

帰ってきた「恋する救命救急医」いかがでしたでしょうか。文庫本一冊は優に書けるエピソードをぎゅぎゅっと詰め込んだ中編を三本、並べてみましたが、楽しんでいただけましたか？　あれ？　三本……？　実は四組のカップルすべてをここに詰め込もうとも考えたのですが、そうなると一編の尺が短くなってしまう……ということで、はみ出た一カップルは電子書籍オリジナルの方で書かせていただきました。電子書籍に抵抗をお持ちの方もいらっしゃるかと存じますが、これを機に新しい体験をしていただけたら、嬉しく思います。電子書籍オリジナルでは、もう二冊分「恋救」を書いておりますので、ぜひ！

というわけで、今回は久しぶりに「貴志《きし》の母（笑）」こと、緒田涼歌《おだりょうか》先生にイラストをいただきました！　大盤振る舞いのメインキャラ六人です！　ありがとうございました！

そして、待っていてくださった方、今回初めてお目にかかる方、この本を手に取ってくださってありがとうございます。皆さまの支えで、春原は今日も小説を書いています。

それではまた。いつかどこかでお目にかかれますように。SEE YOU NEXT TIME！

梅雨明け間近の深夜に　　春原　いずみ

『恋する救命救急医　それからのふたり』、いかがでしたか？
春原《すのはら》いずみ先生、イラストの緒田《おだ》涼歌《りょうか》先生への、みなさまのお便りをお待ちしております。

春原いずみ先生のファンレターのあて先
〒112-8001　東京都文京区音羽2-12-21　講談社　講談社文庫出版部「春原いずみ先生」係

緒田涼歌先生のファンレターのあて先
〒112-8001　東京都文京区音羽2-12-21　講談社　講談社文庫出版部「緒田涼歌先生」係

N.D.C.913　255p　15cm

春原いずみ（すのはら・いずみ）
新潟県出身・在住。６月７日生まれ
双子座。
世にも珍しいザッパなＡ型。
作家は夜稼業。昼稼業は某開業医での医療職。趣味は舞台鑑賞と手芸。
Twitter：isunohara
ウェブサイト：
http://sunohara.aikotoba.jp/

講談社X文庫
KODANSHA

white heart

恋《こい》する救命救急医《きゅうめいきゅうきゅうい》　それからのふたり

春原《すのはら》いずみ

●

2021年９月３日　第１刷発行

定価はカバーに表示してあります。

発行者──鈴木章一
発行所──株式会社　講談社
東京都文京区音羽2-12-21 〒112-8001
電話 編集 03-5395-3510
販売 03-5395-5817
業務 03-5395-3615
本文印刷－豊国印刷株式会社
製本───株式会社国宝社
カバー印刷－半七写真印刷工業株式会社
本文データ制作－講談社デジタル製作
デザイン－山口　馨

ISBN978-4-06-524702-0